PRETÉRITO IMPERFEITO

B. KUCINSKI

Pretérito imperfeito

Companhia Das Letras

Copyright © 2017 by Bernardo Kucinski

Grafia atualizada segundo o Acordo Ortográfico da Língua Portuguesa de 1990, que entrou em vigor no Brasil em 2009.

Capa
Alceu Chiesorin Nunes

Ilustração de capa
Enio Squeff

Preparação
Andressa Bezerra Corrêa

Revisão
Clara Diament
Valquíria Della Pozza

Os personagens e as situações desta obra são reais apenas no universo da ficção; não se referem a pessoas e fatos concretos, e não emitem opinião sobre eles.

Dados Internacionais de Catalogação na Publicação (CIP)
(Câmara Brasileira do Livro, SP, Brasil)

Kucinski, B.
    Pretérito imperfeito / B. Kucinski. — 1ª ed. — São Paulo: Companhia das Letras, 2017.

ISBN 978-85-359-3017-7

1. Ficção brasileira I. Título.

17-08182   CDD-869.3

Índice para catálogo sistemático:
1. Ficção : Literatura brasileira 869.3

[2017]
Todos os direitos desta edição reservados à
EDITORA SCHWARCZ S.A.
Rua Bandeira Paulista, 702, cj. 32
04532-002 — São Paulo — SP
Telefone: (11) 3707-3500
www.companhiadasletras.com.br
www.blogdacompanhia.com.br
facebook.com/companhiadasletras
instagram.com/companhiadasletras
twitter.com/cialetras

Para Jonas e Elias

Le temps d'apprendre à vivre il est déjà trop tard
[*Quando se aprende a viver, é tarde demais*]
                          Louis Aragon, *Poèmes*

All sorrows can be borne if you put them into a story or tell a story about them
[*Todas as dores podem ser suportadas se você as puser numa história ou contar uma história sobre elas*]
                        Isak Dinesen, entrevista,
                     The New York Times Book Review

1.

Começo pelo fim. Pela carta. Escrevi à mão, cada palavra sopesada. Despachei à antiga, para ser entregue por carteiro que bate à porta, como se deve. Registrei, para me assegurar da entrega. Todavia, sem remetente. Carta para não ser respondida. Não vou repetir por inteiro o que escrevi. Não é coisa bonita de se dizer, nada de que se orgulhar. Escrevi porque era preciso. Sempre houve o pai que expulsou de casa o filho. Deus baniu o homem do paraíso e o homem era Seu filho, por Ele criado à sua semelhança, e o paraíso era Sua morada. Mito fundador, o paraíso para sempre perdido. Expulsou ao primeiro pecado. Eu deixei passar pecados sem conta. Levei tempo para chegar à carta. Foram trinta anos de aprendizado. O pai aprendendo do filho. Lições sempre mais penosas. Até que, cansado de me alarmar a cada tinir do telefone, cansado de reaver esperanças para em seguida perdê-las, optei por perder de vez a ele, ainda que filho único. Expulsei por exaustão.

Minha carta é uma rejeição amena, como a dos japoneses que põem uma mochila às costas do filho imprestável e, sem intento de punir, ordenam que corra o mundo. Torna-se um andarilho e por onde passa lhe dão algo de comer. Também eu não tive intenção de punir. Tampouco o expulsei propriamente da casa. Ele se encontrava distante havia mais de dez anos, do outro lado do oceano. Partira, isso sim, às carreiras, na esperança de que em outras terras abandonaria a busca insana de um paraíso artificial. Não se tratava de excluí-lo do convívio, e sim de dentro de mim. Só o consegui racionalizando. Daí a ideia da carta. Destituí-lo de meus afetos por escrito, sem vociferar, argumentando. Carta solene. Uma epístola.

Disse a ele que nunca lhe impingimos um futuro, como fazem certos pais, embora de nossas palavras e gestos possa ter inferido esse ou aquele caminho, como é inevitável na infância. Desejávamos apenas que possuísse qualidades. Não pequenas virtudes próprias do temperamento, como prudência ou modéstia, ou atributos inatos, como inteligência ou destreza, e sim valores que têm a ver com consciência e vontade, próprios do homem e apenas dele. Valores morais que ajudam a distinguir o correto do errado em cada circunstância e a agir conforme. Enfim, que fosse um homem de caráter.

Expliquei que nossos antepassados, não obstante de origens tão diversas, foram pessoas honradas. Houve vezes, escrevi na carta, em que se calaram, porque o que tinham para dizer não podia ser dito, mas não mentiam. Houve vezes em que choraram, mas nunca lágrimas fúteis. Por vezes, não foram fortes o suficiente, contudo não cometeram vilanias. Nem sempre tiveram o bastante para aplacar a fome, mas jamais negaram um lugar à mesa ao indigente que batia à porta.

Em nossa família, escrevi, jamais faltamos a uma promessa, ou deixamos de saldar uma dívida ou de cumprir uma obrigação. Em nossa família, nem nas horas mais amargas jogamos a culpa no outro. Principalmente, em nossa família não se rouba, não se trai o amigo nem se bate na mulher. Tudo isso que tu fizeste, eu lhe disse, e que entre os nossos não se faz.

Em seguida, escrevi: há anos te excluíste de nossa família; há anos vens cometendo indignidades, não uma vez, nem duas; e não por descuido. Foste preso e condenado. Eu também fui preso e tive que me exilar; e antes de mim, meu pai, mas não por motivos torpes — por nos opormos à tirania. E concluí: eu é que na minha ingenuidade não me dava conta e me atormentava à toa com um filho que já não era meu filho, porque não tinha comigo nada em comum.

Carta patética? Talvez. Mas que me restava fazer? Percebi, de súbito, que me tornara um velho. E me sobreveio a consciência do tempo-limite. A carta é de uma alforria que tardava. A minha alforria.

2.

Não me identifico em nada com essa carta, com esse rancor todo, essa amargura; ao contrário, quando fecho os olhos e penso nele, o que vejo é uma criança doce, amorosa. Vou contar uma coisa que você não sabe, porque era eu que o pegava na saída da creche. Assim que me via, ficava eufórico, corria na minha direção e ao chegar perto de mim se punha a dançar em torno dele mesmo. Eu olhava as outras crianças com suas mães e suas avós: via algumas alegres, outras emburradas; e nele eu só via contentamento, júbilo, mais do que isso, era um rito de celebração. Festejava a minha chegada, a chegada da mãe. Não é bonito? E que alegria de viver... Desde pequeno, antes mesmo de poder andar, era aquela felicidade nos olhos. Acordava brincando, um toco de pau era um carrinho, a pedrinha na ponta do barbante era um avião. Logo queria ir à escola, ele é que me chamava: mãe, não está na hora da escola? Queria ser o primeiro a chegar. Curtia a casa, curtia a escola, curtia cada segundo, e sem pressa, sem afobação; eu ficava intrigada, porque ele tinha ao mesmo tempo a vivacidade de uma criança e a serenidade de um velho, de um sábio. Não é interessante? É porque era um menino resolvido. E a força de vontade dele! A determinação! Lembro do dia em que atirou longe a mamadeira e nunca mais quis saber dela. E a primeira vez que ficou de pé? Ainda tinha gesso nas duas perninhas. Agarrou a grade do berço, deu um urro como se fosse um samurai e se soergueu, de um golpe só. Sempre foi assim, determinado. E você se lembra como ele sentava para comer? Parecia um lorde. Isso também me impressionava muito, desde pequeno usando garfo e faca, sem apoiar os cotovelos na mesa. E não foi de você que ele aprendeu. E que apetite! Comia de tudo, não tinha manha de "isso não gosto, isso não quero". Aliás, era raro ele reclamar. E os amigos? Você se lembra como ele fazia amigos? Onde quer que fosse, fazia um amigo. Era um encanto de menino. Até a adolescência jamais o vi emburrado ou triste. Mesmo depois que começaram os problemas. É assim que me lembro dele, amoroso e sempre de bem com a vida. As coisas aconteceram como aconteceram, mas ele não é de modo algum esse mau-caráter que a sua carta dá a entender, nunca foi. Muito menos um psicopata. Eu não teria escrito uma carta dessas; não digo que seja injusta, cada um elabora a seu modo — eu elaboro reconhecendo o quanto ele me deu, não o quanto tirou.

3.

1979 foi um ano memorável. O xá da Pérsia fora derrubado em janeiro; e o ditador Somoza da Nicarágua, em julho. No Brasil, a ditadura agonizava. Em setembro, exibi meu curta-metragem sobre a cabanagem num ciclo de cinema documentário em Nova York. Seguiu-se um seminário sobre cinema e revolução, em que conheci o druso Abou al-Walid, célebre por suas filmagens do conflito palestino em que a câmera participa da ação e a lente é o olhar do manifestante.

O rosto quadrado de Abou, de nariz reto e sobrancelhas espessas, lembrava o de meu avô libanês, com quem eu passava férias em Manaus. Descobrimos que tínhamos ideias parecidas, não só sobre cinema. E mesma idade. Nos demos tão bem que definimos ali mesmo o argumento de um documentário sobre a diáspora palestina no Brasil. O camponês palestino, explicou-me Abou, é tão entranhado em seu quinhão de terra quanto as centenárias oliveiras que lhe dão sustento e atravessam gerações como membros da família. O exílio para ele, mais que estar longe de uma pátria abstrata, é a nostalgia do espaço ancestral e das aldeias no entorno, também territórios de sua infância, por isso duplamente dolorida. Eu filmaria no Brasil e Abou, nos povoados árabes de Israel — onde mora — e na Cisjordânia.

Assim que terminasse o seminário de Nova York, eu iria documentar o triunfo sandinista na Nicarágua. Esse era o meu programa. Quinze dias fora do Brasil. Pensava na Nicarágua e assistia com Abou ao *Cravos de abril*, de Ricardo Costa, quando alguém me toca nos ombros e sussurra: ligação do Brasil. Minha mulher não telefonaria por ninharias. Penso num acidente. Sempre imagino o pior. Assim que atendo, ela diz: surgiu um bebê, o que você acha? Penso: logo agora! Ela diz: tenho que decidir hoje. Sinto pelo fervor da voz que ela quer, que telefonou para ganhar coragem. Pergunto: menino ou menina? Menino, gorduchinho. Deduzo que já viu o bebê, já se engraçou, já o trouxe ao regaço. Digo que sim, tudo bem. Pergunto: você dá conta até eu voltar? Ela diz sim, não se preocupe.

Ainda não havia voos diretos para a Nicarágua. Mas eu estava empolgado pela revolução sandinista e absolutamente determinado a chegar a Manágua. Planejei um documentário em dez partes, um novo *Dez dias que abalaram o mundo*. Filmagem direta, no calor da hora, câmera nos ombros, como Abou, uma sequência por dia. Consegui chegar a Tegucigalpa, capital de Honduras, de onde partiam os primeiros voos para Manágua após semanas de interrupção. Ali mesmo filmei a primeira cena, ao marcar a passagem. O diálogo, curto e emblemático, inspira-se no antológico *A esperança* de Malraux. Ao soletrar o

S, digo: *S de Sandino! No de Somoza, un hijo de puta... de Sandino, querida*. Eu estava inspirado.

    Manágua lembrava uma superfície lunar, devastada pelo terremoto de cinco anos antes e pela guerra civil. Aqui e ali restava o palacete de alguma família abastada que fugira para Miami. Não foi fácil filmar o suficiente para montar uma sequência por dia. Trabalhava freneticamente, desde as primeiras horas da manhã, até sumir o último raio de sol. Depois, mergulhava no roteiro e no mapa das locações para a filmagem do dia seguinte. Esqueci completamente que acabara de me tornar pai, que adotara um bebê.

4.

O que sabíamos sobre adoção? Nada. Absolutamente nada. Passada quase uma vida, quando o feito não pode ser desfeito, pus-me a estudar. Hoje, sei alguma coisa. Pouca coisa. Noções pescadas num oceano de problemas. Tomei um susto. O senso comum vê adoção como ato de caridade. Quanta ilusão! Adota-se quase sempre para ter uma família, não para dar uma família à criança. É o miserável desamparo nosso que nos move, não o desamparo maior da criança. Adota-se para fugir a um luto, para compensar uma perda, para salvar um casamento, ou por uma combinação desses motivos.

Há quem adote tão somente para assegurar amparo na velhice. Mesmo a adoção de filhos de criação, devido à morte ou insuficiência de um parente ou vizinho, pode esconder razões interesseiras. Seja que motivo for, adoção é posse, aquisição. Na adoção à brasileira, às vezes até se paga, a pretexto de ressarcir despesas de parto. Na adoção em orfanato, casais escolhem aquele que lhes parece mais bonito, como quem escolhe a cor do carro. Até recentemente, podia-se registrar filho adotado igual se registra propriedade: por escritura pública.

Assim é em toda parte, aprendi com o estudioso da adoção Eduardo Sá. Assim sempre foi. Desde tempos imemoriais. Na antiguidade a adoção visava assegurar ao casal sem filhos o rito essencial da veneração de suas almas. É em si que pensavam, em suas vidas depois da morte, não no infortúnio da criança. Com o catolicismo veio a adoção para preservar patrimônio, pois a Igreja se apossava das propriedades sem herdeiros. Por isso, opunha-se à adoção e vendia como escravas as crianças a ela entregues ou as punha a serviço dos padres.

Com o psicanalista francês Michel Soulé, descobri a *ferida narcísica*, um móvel da adoção enterrado fundo no nosso inconsciente. A ferida narcísica é a incapacidade de conceber que nos humilha, associada no homem à impotência sexual e na mulher ao ancestral estigma da esterilidade. E que nos inferioriza, homem e mulher por igual, ao fazer desmoronar um projeto de família. Soulé fala do impacto traumático do diagnóstico da infertilidade.

E os riscos da adoção? Que sabíamos dos riscos? Igualmente nada! Nem nos preocupamos em perguntar a quem havia adotado, ou a pesquisar nos livros. Como compor com o filho adotado a narrativa da adoção? Que significados teria para ele a expressão estigmatizada "filho adotivo"? Como inscrevê-lo numa genealogia? Num psiquismo de família? E como tudo isso afetaria nosso próprio psiquismo?

Nenhuma dessas questões sequer nos passou pela cabeça. Hoje sei, pelo francês Pierre Lévy, que toda adoção é temerária. Vocês foram corajosos, diziam os amigos. Outro equívoco!

Se não sabíamos dos riscos nem de nada, não fomos corajosos, fomos levianos, isso sim. Irresponsáveis.

O anseio por filhos pode ter raízes profundas, ainda na primeira infância, quando brincamos de casinha, buscando em nós próprios a representação do pai e da mãe. Na vida adulta transforma-se na busca de uma eternidade possível, através das semelhanças fisionômicas, que reforçamos dando aos filhos os nomes de família. Nós não tínhamos então a menor ideia dessas razões todas, exceto um vago desejo de completude. Um filho para nos completar.

5.

Essa purulência nos olhos não me agrada nada. Deite-o de costas. Isso... Desenrole devagar, bem devagar, quero ver o umbigo. Hum... Como imaginei... Também solta pus e não é infecção de coto, vem de dentro, como nos olhos... Isso não é nada bom... A senhora sabe quem são os pais? Perguntei, porque pode ser sífilis, é muito comum em bebês deixados para adoção: sífilis dormente, transmitida pela placenta. Vamos ver as perninhas dele. Desenrole tudo... Mais... Mais... Até o fim. Hum... Tíbias arqueadas. Chamamos isso de tíbia vara. Acontece bastante, mas nunca vi um caso tão severo. Nem tão simétrico, isso sim é grave. Simetria indica causa orgânica, possivelmente raquitismo. Se for raquitismo, explica-se também a purulência nos olhos e no umbigo. Nesse caso não é sífilis, embora essas patologias muitas vezes venham juntas. Muita miséria, minha senhora... Muita miséria e muita ignorância. Falta de cuidados básicos de higiene, falta de conhecimento. Melhor que seja raquitismo e não sífilis, porque na idade adulta a sífilis dormente pode levar à demência... Bem, isso raramente, muito raramente. O mais comum são manchas na pele e queda dos cabelos. Se for raquitismo? Depende da severidade. Em geral a criança fica com estatura menor. A causa? Em linguagem simples, é a fome. A mãe desse bebê pode ter passado fome, o que compromete o desenvolvimento do feto. Os ossos ficam porosos e se quebram facilmente. O arqueamento, como disse, é severo. Mesmo não sendo desnutrição grave, do tipo proteico-calórica, a senhora vai ter que engessar essas tíbias por um bom tempo. Quanto tempo? Só um ortopedista poderá dizer, creio que dois a três meses, depois vai ter que usar algum aparelho ortopédico até endireitar. O que é desnutrição proteico-calórica? É quando a falta de nutrientes é tanta que o organismo se alimenta de seus próprios tecidos, consome os músculos e com isso o corpo todo se atrofia. A partir daí não tem jeito, não adianta dar mais comida, porque a criança perde a capacidade de absorver; além disso, fica sem certos anticorpos e tem diarreias. Pode até causar retardo mental. Chamamos isso de marasmo... É aquela criança com olhar perdido que mal se mexe... Isso mesmo, a senhora acertou, igual aos bebês de Biafra, só que lá é por interrupção da amamentação antes do tempo — quando nasce a outra criança e a mãe larga a que nasceu antes. Como esse acabou de nascer, não é o caso. Faltou nutriente na barriga da mãe. E faltou demais, porque a natureza assegura a nutrição do feto, mesmo a mãe passando fome. Desconfio que a mãe precisou esconder a gravidez. Se é marasmo? Só se pode saber com exames de sangue e radiografias dos ossos. Uma trabalheira. Vou dizer uma coisa à senhora: metade dos bebês com marasmo não passa de uma ou duas semanas. E, dos que sobrevivem, muitos nunca serão crianças sadias. Meu conselho? Devolva! Devolva já, minha senhora, vá correndo e devolva, antes que se afeiçoe.

6.

O quintal se transformou num mar de bandeirinhas brancas. Fraldas, fraldas, fraldas. Tivemos que esticar varais sem fim para dar conta de tanta fralda. Um bebê diarreico. E alérgico às fraldas descartáveis. O plástico deixava sua epiderme em brasas. Tinham que ser fraldas de pano de algodão, macio. A mãe escolhia, zelosa, o tecido de algodão de textura mais delicada, recortava-o em cueiros retangulares de sessenta centímetros de lado e os enxaguava para amaciá-los ainda mais.

E como defecava! Montes de excremento pastoso e nauseabundo. Seu organismo absorvia mal os nutrientes, o que o levava a comer muito e excretar igualmente muito. Sequela do raquitismo, essa era a explicação. No jardim de infância, o apetite com que se fartava causava espanto. Repetia o prato e, de volta à casa, comia de novo. Era como se quisesse se ressarcir dos nove meses de uma gestação famélica.

Em pouco tempo, a mãe desenvolveu um método para se

livrar de tanto excremento. De nariz tapado, mergulhava o cueiro na bacia da privada segurando por uma ponta e puxava a descarga. Em seguida deixava de molho por dois dias numa tina com sabão de coco. Só então os lavava, um a um, e pendurava no varal para quarar. Para limpar sua bundinha, tinha sempre à mão retalhos de algodão e uma garrafa térmica de dois litros com água quente. Assim foi até os seus dois anos. Porém, com um ano e meio já não deixava que trocassem sua fralda à vista de outros. Desde muito cedo mostrou-se pudico.

7.

A atendente antipática disse: veja se tem uma mancha escura na lua da unha. Perguntei: Que tipo de mancha? Uma estria, disse. Em seguida, ela própria abriu a mãozinha dele e lá estava a estria. Vai negrejar, ela disse. E fez cara de nojo. O mundo entrava nele e ele entrava no mundo. Devia estar com uns seis meses, se tanto.

Não entendo como certas pessoas sabem tantas coisas. Em pouco tempo, sua tez escureceu e os cabelos encresparam. Aos quatro anos, era um mulatinho. Foi quando brigou com o menino da vizinha e ela o escorraçou dizendo: você é um enjeitado, sabe-se lá quem foi tua mãe! Ele subiu a escada de casa em prantos, tropeçando nos degraus. Palavras ferem mais que um punhal, deixam marcas que não saram.

Há quem adote de propósito um bebê de outra etnia, um órfão vietnamita ou um bebê negro, para deixar manifesto que o filho é adotivo. Ou para que sua figura não se confunda com a do bebê imaginário que tanto desejaram e não tiveram, ou com a do que tiveram e perderam.

Nós não sabíamos nada disso. Teríamos preferido que se parecesse um pouco comigo ou com minha mulher, de modo a não suscitar a cada instante perguntas e olhares interrogativos. Não deu certo. Ele crescido, passamos a nos orgulhar de nossa gritante incongruência. Eu, neto de imigrantes libaneses, de feições caucasianas, rosto retangular, olhos e cabelos negros; minha mulher, filha de judeus da Bessarábia, de feições eslavas, rosto alongado, cabelos loiros encaracolados e olhos azuis. Ele, mulato de cabelos crespos.

8.

Na busca fremente do seio materno, o adotado encontra o bico falso de um elastômero. Seu mundo começa defraudado. A mãe postiça tenta compensar o esbulho cingindo-o com especial ternura. O bebê aceita. O recém-nascido tem formidável capacidade de adaptação. Todavia, o esbulho deixará marcas. Que marcas deixará? Também isso fui estudar. E me espantei com implicações da fraude tão singela. Uma delas — a que mais me surpreendeu — foi apontada pelo psicólogo inglês Wilfred Bion, para quem a busca do seio materno pelo recém-nascido é mais que seu primeiro impulso vital, é também seu primeiro exercício intelectual. E por quê? Porque pensar, para Bion, é processar uma ideia preexistente. O bebê pensa o seio antes de buscá-lo. Mas pensa um mamilo túrgido e leitoso, não um bico de plástico. A fraude é também intelectual. Wilfred Bion acredita que, se o bebê não superar a frustração do falso conceito, sua capacidade de processar pensamentos poderá ficar para sempre fragilizada por uma tendência à fuga do real. É uma tese espantosa! De início a entendi como puramente especulativa, baseada em Freud e Melanie Klein. Mas, quase em seguida, descobri a moderna neurologia que estuda os sinais elétricos do cérebro e suas reações a estímulos. O cérebro, dizem os neurologistas, retém para sempre traços de traumas, até mesmo da fase uterina, da mesma forma como um sítio arqueológico guarda vestígios de antigas civilizações. E a memória traumática, mesmo a mais remota, intromete-se no comportamento presente.

Tivemos também que engessar suas perninhas por dois meses para a correção das tíbias varas. Outra memória traumática, pois a criança adquire as primeiras percepções do permitido e do proibido através dos movimentos de seu corpo. Desde esse início de vida e para sempre, a pessoa existirá dentro de seu corpo. Tirado o gesso, suas perninhas permaneceram por mais um ano subjugadas a um ferro de separação preso às suas botinhas, que tolhia seus movimentos.

Ele parecia não se importar. Logo descobriu uma forma de engatinhar — virando o dorso para um lado e para o outro — e de se erguer usando o próprio corpo para tomar impulso. Mas me pergunto se os ferros não lhe teriam legado uma sensação de insegurança ontológica mais intensa do que a natural em todo ser humano.

Temos até hoje, passados quase quarenta anos, o ferro com as botinhas. Preservamos para não esquecer. Uma vez por mês o levávamos ao ortopedista que as havia desenhado, o dr. Andreucci, um italiano idoso que reconhecia o torto e o fora do lugar apalpando. Certa vez, perguntamos: o senhor não vai tirar raio X? Não, ele retrucou. Esse menino vai tirar muito raio X em sua vida, não é preciso que eu comece.

9.

Durante doze dias ardeu em febre. Seu nariz escorria de coriza. Seus olhos lacrimejavam. Sua respiração ficou pesada. Sua testa porejava incessantemente. Acessos de vômito sacudiam seu corpinho. Se conseguia ingerir um pouco de leite ou um caldo, seguia-se uma diarreia. A febre o exauria. Não conseguia dormir. Pensamos que ia morrer. Seu corpo ardeu tão forte que queimou os braços da mãe que, ao seu lado, sem pregar o olho, tentava abrandar a temperatura com compressas de água fria.

Dia sim, dia não, a mãe o embrulhava numa manta e corria com ele ao homeopata. Não houve remédio em todo o receituário da homeopatia que debelasse a febre. Todavia, não chorava. E, por entre as pálpebras intumescidas, seus olhos faiscavam de vontade de viver. No décimo terceiro dia, a mãe pôs a tocar uma suíte de Händel. Aos poucos, a febre foi cedendo. Ele então fechou os olhos e dormiu. A mãe também dormiu, dormimos todos. Ele estava com nove meses.

10.

Conheci minha mulher em Belém do Pará, durante as filmagens do *Cabanagem*. Antropóloga, se interessara pela causa indígena e se tornara pesquisadora do Museu Emílio Goeldi. Instantaneamente nos apaixonamos e dois meses depois estávamos casados. Queríamos ter logo um filho, mas passaram-se anos sem que ela engravidasse. Se tivesse engravidado, jamais teríamos adotado. Simples.

Ainda assim, podíamos não ter adotado. Adotar significou assumir em definitivo nossa incapacidade de conceber. Havíamos nos submetido a exames demorados e penosos, que não esclareceram se a culpa era de uma esterilidade dela ou de uma infertilidade minha. Vejam como se meteu sub-repticiamente a palavra "culpa" no lugar de "causa". Como se um de nós tivesse que ter culpa. Como se a falha biológica implicasse uma falha moral pela qual tínhamos que ser punidos pelas deusas da fertilidade.

Houve também o luto. Vínhamos dos anos de chumbo, um tempo de perdas sucessivas de amigos e familiares. Era preciso compensação. Reposição de afetos. Nos fins de semana reuníamo-nos no sítio de um ou de outro amigo e suas crianças brincavam enquanto nós, os adultos, bebíamos cerveja e trocávamos informações aos sussurros. Então surgiu a oportunidade, e, sem hesitar nem mesmo pensar, adotamos.

11.

Você não disse uma palavra da hérnia de umbilical dele. Você não se lembra? Parecia um pênis de tão grande. Grande e feia. Também tinha fimose. O médico tinha nos dito que fimose era bom operar antes de um ano e meio, e ele estava com um ano e quatro meses. Eu andava assustada com a advertência do Andreucci de que ele ia ter que operar o joelho e, como fimose e hérnia umbilical eram coisas simples, levamos ao Hospital do Servidor para economizar. Você tinha voo marcado para uma filmagem e me deixou na porta, lembra? Quando você voltou, ele já estava operado, todo bonitinho, e eu nem te contei como foi. A internação até que foi rápida. Tinha uma fila enorme, mas ele não parava quieto e tanto agitou e berrou que me deixaram furar a fila. Internaram no mesmo dia. Disseram que iam operar no dia seguinte, mas que eu não podia ficar lá. Fui para casa e quando voltei logo de manhã o médico disse que não podiam operar, porque o peitinho dele estava carregado de catarro. Não dava para fazer anestesia. Disse para levar de volta para casa, deixar sair o ca-

tarro e trazer dois dias depois. Fiz o que mandaram. Só que de novo não operaram, porque o peitinho dele voltou a se encher de catarro. Foi quando aventaram que era alergia ao hospital ou aos lençóis. Então decidiram colocá-lo numa tenda de oxigênio. Só então foi operado. Da hérnia umbilical e da fimose, as duas ao mesmo tempo. Quando ele acordou da anestesia, eu estava ao lado dele. Lembro que enfiei a mão na tenda de oxigênio e ele agarrou minha mão com toda a força e se ergueu do leito — e dali a pouco estava zanzando pelo corredor do hospital. Ficou mais dois dias em observação. Nessa altura já tinha cativado os médicos, as enfermeiras, as faxineiras. Todos. Ele se encantou com o hospital. Quando ouvia o barulho do carrinho da comida, saía correndo para receber a bandeja. Pedia para repetir e elas atendiam prazerosas como se fosse o filho delas. Você devia ver... O médico, que se chamava Flávio, pegou no pipi dele e disse todo orgulhoso: veja como ficou muito bom, trabalho de cirurgião plástico. Foi um pouco chato quando voltamos para casa, doía para mijar, mijava e chorava. Você devia ter contado essa história da fimose e da hérnia umbilical. Eu pensava que ia ser tão simples. E foi uma saga.

12.

Analiso um instantâneo em busca de respostas. Ele está de pé sobre o capô do fusquinha de braços erguidos e punhos cerrados num gesto de triunfo. É um boxeador que acabou de nocautear o adversário. Os olhinhos quase fechados refletem alegria intensa. As bochechas infladas, como as de um trompetista, e o queixo ligeiramente erguido lhe dão um ar zombeteiro.

Está com quase quatro anos. Consulto Piaget: nessa idade a criança é o centro do mundo e assim quer ser vista. Pergunta demais e conta histórias intermináveis nas quais o real se confunde com a fantasia. O instantâneo é desses que batemos profusamente desde o nascimento dos filhos. Expressam afeto, talvez um desejo secreto de controle pelo acompanhamento contínuo de suas vidas; a máquina fotográfica tornada em câmera de segurança. Flagrantes podem prenunciar o indesejável. Ainda que não o façam, formarão uma narrativa imagética da vida em família carregada de nexos.

Nessa foto tem a cabeça enorme, tão desproporcional ao seu porte raquítico, que parece ter sido arrancada de outro e nele enxertada por meio de uma estaca. Também lembra um espantalho de roça, grotesco, porém engraçado. E, como um espantalho, veste pouca roupa: camiseta canoa e short. Está descalço. Sua tez é de um marrom chocolate. Ao fundo, vê-se a mata e o muro vazado da casinha no litoral, que acabáramos de construir especialmente para que respirasse ar limpo — sempre que tivéssemos alguns dias de folga — e pudesse curtir férias na praia.

Nossa casinha foi das primeiras no loteamento. A praia, de uma largura incomum e inclinação suave, ideal para crianças, era então deserta. Entre a casa e o mar havia uma nesga de mata atlântica seguida de um imenso tabual. Na ausência de outras casas e de iluminação pública, as noites eram deslumbrantes, vendo-se a Via Láctea em todo o seu esplendor. Ao terraço chegavam o coaxar intermitente dos sapos e o murmúrio incessante das ondas. Vez ou outra, nosso pequeno quintal era invadido por nuvens de pirilampos.

O instantâneo foi batido num final de tarde, assim indicam as sombras. Piaget diz que, aos quatro anos, a criança começa a perceber o que é o perigo e a sentir raiva e frustração. Não é ainda o que se vê. Não há em sua fisionomia traço nenhum de temor ou desencanto. No tempo congelado da foto, o momento é de felicidade plena. Posa para a câmera com o gestual de quem vai conquistar o mundo. É, tão somente, um menino feliz.

13.

Quando era bem pequeno eu o levava ao colo, para vencer a escadaria íngreme da entrada da casa. Ele agarrava-se a mim com todas as forças, as mãos cingindo meu pescoço, as pernas apertadas em torno de minha cintura, seu corpinho totalmente colado ao meu. A imagem que me ficara era de um filhote de macaco grudado na mãe como se vê nos documentários da BBC. Hoje me ocorre outra imagem: a de um náufrago agarrando-se com suas últimas forças ao salva-vidas. Não era, contudo, um abraço desesperado ou desajeitado. Era como se fizesse parte do meu corpo. Nem sentia seu peso.

Certa vez, quase no topo da escada, ao atingir o penúltimo lance, dei-lhe uns tapas na bunda. O motivo, não lembro. Porém as palmadas nunca se apagaram da minha memória, tampouco o remorso, porque bati forte e ele era tão franzino que temi ter lhe quebrado os ossos. Penso que essa recordação, da qual jamais falei à minha mulher, é a que melhor expressa minha percepção dele como criança frágil, com ossos propensos a estilhaçar, como se fossem de cristal.

Em outra ocasião, cheguei a pensar, envergonhado, que ele tinha sangue ruim, resquício inconsciente da especulação do médico sobre a sífilis dormente. Sempre que se machucava, seu sangue demorava a coagular. Por causa das botinhas e dos ferros, abriam-se feridas entre os dedos do pé que custavam a cicatrizar. Aconteceu, num fim de semana, de seu pé direito ficar em chagas e totalmente roxo. Parecia necrose. Lembro que me apavorei. Fazia pouco que o pai de um grande amigo morrera de necrose na perna. Estávamos de saída para a praia. A custo, localizamos o pediatra, que nos acalmou, explicando que o arroxeado era devido aos traços da etnia negra. Assegurou que, apesar do aspecto assustador, não se tratava de necrose. De fato, em alguns dias as feridas se fecharam e o arroxeado desapareceu. Seu pé sarou por completo.

Por que estou recordando esses episódios? Por que incluí o relato de minha mulher sobre a operação da fimose e da hérnia, que mal acompanhei e da qual nem me lembrava? Para entender a natureza do nosso afeto, o afeto de uma paternidade sem os antecedentes de uma gravidez, que desde seu início comove o homem e metamorfoseia a mulher, pois toda ela se transforma, fica emotiva e de sensibilidade aumentada.

Grávida e feto formam um corpo único, compartilhando fluidos, humores e sensações cognitivas. E a tensão crescente? Parto na espécie humana não é coisa pequena. É ruptura. Te farei sofrer e com muita dor darás à luz, diz Deus a Eva, em Gênesis. Inconscientemente, a mãe regride às suas próprias experiências de bebê e a seu baú de memórias. Por isso maternidade também é risco. Risco de depressão pós-parto. Risco de surtos psicóticos. Risco de sucumbir ao extremo de rejeitar o bebê. No nascimento, o corpo da mãe se parte em dois, e o bebê irrompe no mundo como um novo ser, mas as partes permanecem emocionalmente unidas, seja pelo amor ou pelo desamor.

Nosso afeto não teve nada disso. Nem para o bem nem para o mal. Não teve um corpo que se dividiu em dois, não teve fusão emocional que vem desde antes. Não teve risco de depressão pós-parto ou rejeição. Nosso afeto nasceu descomplicado, pois o bebê adotado é necessariamente um bebê desejado, almejado, procurado. Porém, nasceu no susto, no repente de uma adoção sem aviso prévio. E foi se tecendo de zelos e desvelos, como se cuida de uma plantinha frágil que periga não pegar. Nosso afeto foi feito de romarias quase diárias a pediatras, homeopatas e ortopedistas. E, depois, muito depois, um afeto feito de consultas a psicólogos e medo. Muito medo.

14.

Esta é uma história sem começo nem fim. Não tem começo porque, com tudo que já sei, ainda não sei em que momento preciso e por quais motivos lançou-se à insana busca do paraíso artificial, logo tornado inferno. Há algo na história que não alcanço. Há nuances, até mesmo fundamentos, que me escapam. Fico pensando se aconteceu abruptamente ou foi um processo gradual. Se começou ainda na infância, com os primeiros cutucões de preconceito e racismo, ou na adolescência, quando a criança adquire consciência de si, com ela advindo inquietação e angústia.

Teria sido possível em algum momento barrar o curso dessa história? Ou estava tudo escrito no livro do destino? *Maktub!* Nada a fazer! Em comum com outras histórias, esta tem um número finito de personagens. Além dele, pai, mãe, alguns amigos. Poucos. E um número também limitado de coadjuvantes. Médicos, policiais, vizinhos. A ação é ampla no tempo e no espaço. Ampla no espaço porque abarca três continentes. Ampla no tempo porque tendo a achar que pode ter começado ainda no útero da mãe biológica que, por motivos que jamais saberemos, não o pôde reter e o apartou de si assim que trouxe ao mundo.

Os antigos acreditavam que a mulher grávida era especialmente impressionável. Toda comoção que sentisse afetaria a alma da criança por nascer. Hoje não se fala em crença nem em alma, mas se sabe que a grávida lega ao feto marcas de seus vícios e hábitos alimentares, até de sensações puramente cognitivas. Os geneticistas as chamam de marcadores epigenéticos, porque passam a integrar os traços da criança, embora não constassem do DNA da mãe.

Assim como não sei como a história começou, não sei como vai terminar. Sei que dela estou fora. Saí para me preservar. Um personagem a menos. Dela sou agora tão somente um narrador, um tanto desarmado, um tanto triste. A história pode terminar pior do que está, ou — por algum milagre ou uma reviravolta do destino — ter final feliz, como num filme americano.

Não; erro. Já não pode acabar como filme americano, porque parte do estrago é irreversível. A dependência química imprimirá no seu cérebro uma cicatriz indelével, apreendi com o psicanalista Bruce Perry, em especial se houve um trauma na infância. O tempo perdido também não se recupera. Metade de uma vida. Resta a esperança de que fique nisso.

15.

Ao voltar de seu primeiro dia de escola primária, sabia os nomes de todos os meninos e meninas da classe e como era cada um; descobrira quem mandava e quem era mandado, mapeara os grupinhos e seus pequenos líderes, sabia em quem podia confiar e de quem deveria se defender. Impressionou-me não só sua fenomenal memória, mas também a capacidade de perceber coerências num coletivo à primeira vista caótico e insondável. Parecia movido por um instinto de alerta quase animal. Como se desde muito cedo se sentisse vulnerável num mundo predador. Ele estava com sete anos.

16.

Sucediam-se recados: não se interessa, não presta atenção. Algo estranho estava acontecendo, tendo em conta que era um menino vivaz e atilado. De início, culpamos os professores. Uns incapazes. A mãe passou a ajudá-lo nas lições de casa. Ensinou-lhe a tabuada, as contas de dividir e multiplicar e um pouco de gramática. Aprendia com facilidade. Contudo, se a mãe o pressionasse ou exigisse um esforço adicional, automaticamente deixava de prestar atenção. Desligava. Como um disjuntor que corta o circuito se há sobrecarga de corrente. Deduzimos que a falha não estava apenas na escola. Havia também uma falha dentro dele. Um especialista diagnosticou déficit de atenção, comum em crianças e adolescentes. Desaparece ao se tornarem adultos. Hoje sei que crianças adotadas tendem a elucubrar sobre a mãe biológica justamente nos momentos de aquisição de conhecimento. E desligam. É como se uma pergunta puxasse outra e outra até puxar a pergunta maior que, embora dormente, jamais as abandona: por que se tornaram adotadas?

Anos depois, adolescente, se recusaria a competir em campeonatos esportivos — embora os treinadores insistissem, por ser um dos melhores na natação — e a participar dos shows escolares de fim de ano, quando lhe pediam inutilmente que tocasse violão. Tomei sua recusa como modéstia, mais que modéstia: um traço positivo de caráter, não se comprazer em derrotar o outro, nem se render à vaidade. Hoje, suspeito de outro traço, de personalidade. É como se ele se sentisse um clandestino no navio da existência, um viajante ilegal, um passageiro sem bilhete que precisa se esconder até o final da travessia.

17.

Encontrei um maço de instantâneos nos quais já não se notam sequelas do raquitismo. Tornou-se um menino bonito e de boa estampa. Porém, em quase todas as imagens, parece melancólico. Teria perdido tão cedo a alegria de viver? Algo havia perdido. Na foto que mais me chamou a atenção, ele está sentado ao lado da mãe num banco de jardim e segura uma flecha de brinquedo, a expressão grave, o olhar fixo no chão. O semblante da mãe reflete nada menos que tragédia. Parece mergulhada em pensamentos funestos. O que teria acontecido?

Certa vez, na praia, desentendeu-se com um garoto e a mãe do menino o chamou de bandido, mulato sem-vergonha. Em outra ocasião, num momento em que a mãe entrara numa loja de shopping e ele ficara só no corredor, o vigilante o arrastou a uma saleta escura e o tratou como ladrão. Depois disso, evitava ir desacompanhado ao mercadinho do bairro.

Será que a conversa flagrada no instantâneo versava sobre um episódio desse tipo? Incidentes assim se tornaram frequentes depois que se completaram suas feições. Adulto, ao dirigir o carro da mãe, era frequentemente abordado pela polícia. Certa vez em que ficou só ao lado do carro, aguardando a mãe que entrara no consultório médico, dois policiais surgiram do nada e o renderam de pistolas em punho.

Num dos instantâneos, ele está trepado numa árvore, apoiado nos braços de uma forquilha. Um boné amarelo joga sombra sobre sua testa. Fita a câmera lá de cima com olhar de espanto, como se tivesse sido surpreendido. Um menino trepado numa árvore. Deveria haver alegria, mas não há. Não é o flagrante de uma criança brincando e sim de alguém que buscou refúgio no topo de uma árvore.

Em outro instantâneo está de olhos semicerrados, como se uma luz o estivesse cegando. Seu semblante sugere preocupação e um grau de maturidade em desacordo com a idade. Foi tirado num parque. Há árvores no fundo. É uma foto posada, porém de quem não queria ser fotografado e o demonstra. Contudo, é um belo close, em que aparece de rosto limpo e harmonioso. Nessa foto, a infância ficou definitivamente para trás.

Quero falar também de uma foto de grupo em que ele e a mãe estão de pé ladeados por parentes da mãe — um tio e sua mulher, ambos nascidos na Polônia, e a filha adolescente, nascida no Brasil —, todos de traços claros, eslavos. Os parentes forçam sorrisos. Ele, porém, permanece sério e ostensivamente indiferente, as mãos nos bolsos da jaqueta. A mãe parece não estar à vontade. O que mais se destaca nesse instantâneo é a disparidade dos tipos físicos. Sua condição de filho adotivo já é parte integral de sua personalidade, de sua imagem pública, de seu lugar no mundo. Ele está com nove anos ou pouco mais e sabe que aquela genealogia não é a sua, que é um enxerto num tronco cujas raízes desconhece.

18.

O nome é assustador: *síndrome da mãe morta*. Se dela soubéssemos naquela época, não o teríamos largado em Michigan, morando em casa alheia, estudando numa escola de estranhos, num país estranho e de linguajar estranho. Passáramos um ano em Lansing, capital de Michigan, onde tínhamos uma grande amiga, minha mulher em ano sabático, eu num curso de aperfeiçoamento em roteiro de cinema. Na hora de voltar, ele quis ficar. Estava na idade em que os amigos importam mais, e, durante o ano em que lá moramos, ele os fizera às pencas.

Sem muito pensar, concordamos. Avaliamos que seria bom ele prosseguir os estudos numa escola americana, com ensino de qualidade e oportunidade de consolidar seu inglês. Talvez eu já cogitasse que nesse mundo prenhe de racismo ele precisaria de recursos extras de sobrevivência. Um mestiço de negro que estudou nos Estados Unidos e fala inglês não é um mestiço qualquer.

Nossa amiga de Michigan, mãe de seu melhor amigo e colega de escola, ofereceu-se generosamente para acolhê-lo em sua casa. Tínhamos nela irrestrita confiança. Vivera no Brasil nos tempos difíceis da ditadura e fora minha parceira num documentário sobre a Transamazônica. Acertamos as condições da estadia dele e o passamos para o semi-interno da mesma escola. Regressamos e ele lá ficou. O plano era que completasse o ginásio. Mais dois anos.

A síndrome da mãe morta não consta no catálogo universal das doenças. É uma construção teórica do psicanalista francês André Green que identificou situações em que a criança perde subitamente o afeto da mãe sem que outra a substitua, como ocorre quando a mãe cai em depressão. Ela está lá, mas no imaginário da criança é como se estivesse morta. A criança sofre uma catástrofe psíquica, essa é a palavra que o francês usa: catástrofe. Algumas dessas crianças ficarão psicóticas ou esquizofrênicas, mostra outro psicanalista, o americano Bruce Perry, em seu impressionante relato sobre crianças traumatizadas, *The boy who was raised as a dog*.

Se o afastamento é breve, a criança reconstrói seu mundo afetivo. Se é longo, a sensação de onipotência própria da criança se desfaz e ela perde a confiança em si mesma e no mundo. O sentimento de desamparo acompanhará o indivíduo por toda a vida, incorporando-se à sua personalidade com uma modalidade de fobia.

É preciso muito pouco para uma criança se sentir desamparada ou mal-amada. E nós lá o deixamos, longe de nós, um filho adotivo, que já fora deixado por sua mãe biológica e disso tinha consciência. E na fase difícil, delicada, da passagem da puberdade à adolescência, quando o jovem é tomado por impulsos contraditórios, às vezes se apartando perigosamente do mundo real. Hoje sei, por outro psicanalista, o inglês Donald Winnicott, que o filho adotivo é ainda mais exigente e sensível que o consanguíneo; jamais deve ser abandonado, nem mesmo na adolescência.

No final do primeiro ano longe de nós, caiu em depressão. O inverno em Michigan é frio e úmido. As noites são longas e chove muito. Mesmo no verão, o cenário é desolador. As pessoas deslocam-se de carro de um shopping center a outro, todos muito distantes entre si, em meio a uma vastidão de campos de soja, milho e beterraba. Ele pegara gripe, seguida de bronquite. Atribuímos sua depressão à gripe. Hoje penso que foi a *síndrome da mãe morta*. Ele tinha então catorze anos.

19.

Passa da meia-noite e ele não chega. Saiu para surfar e não voltou. As hipóteses mais loucas me assaltam. Em todas, a presença do caseiro do vizinho, um negro retinto com olhos sanguinolentos de bêbado. Via-se que tinha ódio do menino. Via-se nos seus gestos ameaçadores, nos golpes raivosos do facão com o qual podava a cerca, como se estivesse decepando cabeças. No modo brusco como atirava os galhos naquela enorme carreta, lançando olhares oblíquos em nossa direção. Na direção do menino.

Saio de carro à sua procura. Arranco irrefletidamente em disparada. Ao atingir a autoestrada me dou conta de que posso cruzar com ele retornando e reduzo a velocidade. Em marcha lenta, observo com olhar atento as margens da estrada. O comércio está fechado. A noite está fechada. Paro a cada ruela que busca o mar e perscruto entre as casas. Não há vivalma nem luzes.

Súbito, um solitário boteco ainda aberto. Encosto o carro, esperançoso. Pergunto ao dono, que lava o piso, se viu passar um menino assim, assim. Não, por aqui não passou. Mais adiante um posto de gasolina feericamente iluminado, contudo sem ninguém. Na subida do Morro da Neblina, um carro me ultrapassa. O motorista estranha minha lentidão e me fita curioso. Ao atingir o topo do morro, meu olhar abarca o semicírculo distante de luzes pontilhando a enseada e tento adivinhar em qual praia estaria. Em que bar? Em que merda de buraco? O mar é mancha escura. Sinistra. Sinto um começo de pânico.

Vencido o morro, a autoestrada ladeia por uns dois quilômetros a praia Mole, de declive abrupto e ondas assustadoras que arrastam para o fundo. Não é praia de surfe. Ali não deve ter ficado. Ainda assim, dirijo devagar, parando o olhar em cada banco, em cada tronco de palmeira. Volto a pensar no caseiro com modos de louco. É um negro musculoso. Está sempre de torso nu e olhos avermelhados. Na minha mente passam manchetes macabras. "Criança assassinada em ritual de magia."

O caseiro mal-encarado não tem nada conosco. Nosso menino nunca lhe fez mal. Deve ser inveja, muita inveja. Talvez tenha perdido um filho da mesma idade. Ou não se conforma com a vida boa do garoto, enquanto ele mora de favor numa edícula e tem que cuidar de casa de rico. Descarrega a raiva no garoto! Sinto a inveja no olhar com que o fuzila. Meu Deus! E se pegou o garoto?! Dirijo nervoso, a imaginar o pior. O menino é agarrado de surpresa ao abrir o portão. O caseiro mal-encarado o mata num golpe de facão, joga o corpo na carreta de entulhos e despeja a carga com seu corpo numa vala lamacenta do tabual.

A praia seguinte ainda não é a do surfe. Mesmo assim, estaciono o carro e percorro-a a pé, caminhando por entre as palmeiras, primeiro numa direção depois na outra, na esperança de dar com ele estirado num canto. Nada. De volta ao carro, sou tomado outra vez por pensamentos sinistros. Não consigo afastar a imagem do negro com o facão. Ao mesmo tempo, sei que é absurda. Sinto que estou ficando paranoico. Debruço-me sobre o volante e assim fico até me acalmar.

Retomo a estrada de farol alto. Venço outro morro e atinjo a enseada onde se inicia a praia do surfe. Tantas vezes o trouxe até ali de carro para surfar. Desta vez ele viera de ônibus. Desço do carro no início da praia e caminho em zigue-zague por entre os coqueiros e quiosques fechados. Meus sapatos afundam na areia agravando minha aflição. A cada dez passos, grito seu nome.

Sento-me na areia para pensar. Preciso agir de modo racional. De nada adianta desesperar. Olho em volta. Sempre há um catador solitário de mariscos, ou um pescador com água até as canelas. Nesta noite, não vejo ninguém. Dirijo-me ao hotel que ocupa o centro da enseada. Está às escuras e fechado. Um aviso diz que a portaria abre às cinco. Confiro as horas: três e meia da madrugada. Há uma campainha que pressiono repetidas vezes. Finalmente uma luz se acende e surge um velho esfregando os olhos. Pergunto se não apareceu ali um menino assim, assim. De má vontade, responde que não. Pergunto: Tem certeza? Tenho desde as sete, quando peguei meu turno. Pergunto se correu notícia de algum menino que tenha se afogado. Não, uma coisa dessas a gente fica sabendo. E acrescenta, mais solícito: o senhor tente na padaria, do outro lado da estrada; abrem às cinco, mas às quatro e meia já tem gente.

    Volto para o carro e dirijo até o outro extremo da enseada. Desço e retomo a procura. Examino cada vão entre as casas, cada reentrância do barranco. Nada. Tinha que estar naquela praia. E não estava. Entro outra vez em pânico. Passo a ter certeza de que o caseiro mal-encarado fez algo ruim ao garoto. Aquele jeito de andar de lado brandindo o facão. Filho da puta.

    Mais duas horas e amanhecerá. Espero o dia clarear ou regresso? Quem sabe pego o caseiro em flagrante? Ou arrombo a edícula e arranco dele a verdade! Manobro o carro e retorno imaginando o pior. Sinto que estou fora de mim. Obcecado pelo caseiro mal-encarado. Ele o matou. Aquele olhar malvado, sempre seguindo o garoto. Ou o guri fez alguma coisa e não me disse. Não se deve mexer com gente assim. Eu havia advertido, cuidado com esse caseiro do vizinho, não parece bom da cabeça. Não me ouviu. Nunca me ouve. Dirijo freneticamente. O facão do caseiro não me sai da cabeça. Ao mesmo tempo tenho a esperança de encontrar o menino em casa. Nesse ínterim, pode ter chegado. Encontro a edícula às escuras e a carreta do entulho encostada no lugar de sempre, ainda repleta. Súbito, me dou conta da estupidez de minhas suspeitas. Em nossa casa minha mulher soluça. Ela diz: não chegou.

    Parto de novo à procura. Desta vez dirijo os trinta quilômetros até a praia do surfe sem me deter. Ao chegar, ainda no escuro, vejo luz na padaria. Estão erguendo as portas de aço. Estaciono em frente, pergunto, descrevo como posso. Um garoto assim, assim, alto, magro, mulato claro, prancha de surfe branca. O homem diz: só se for o rapaz que pediu um marmitex no fiado; não sou de fazer fiado, mas fiquei com pena, acho que está por aí, debaixo d'alguma marquise; tente atrás daquela oficina, sempre tem algum que dorme ali. Agradeci e caminhei pressuroso na direção apontada.

Lá estava o vulto estirado, a cabeça apoiada na prancha de surfe. Sinto um alívio enorme, impossível de ser descrito. Ao seu lado, os restos do marmitex. Chuto tudo e chuto ele. Vamos embora! Grito. Ele se ergue e caminha até o carro arrastando os pés e arrastando a prancha. Na padaria pergunto: quanto é o marmitex? Pago e agradeço. Ele estava então com quinze anos.

Um ano depois, a tão temida operação dos joelhos, vaticinada pelo doutor Andreucci ainda na sua infância, teve que ser feita. Suas rótulas não aguentaram o esforço do surfe.

20.

Em Michigan, iniciara-se no piano e no violão. De volta a São Paulo, sugerimos que estudasse no Shakespeare, colégio de ricos e filhos de diplomatas com currículo forte em artes plásticas e música. Para a matrícula, exigiam o endosso de quem tivesse filho na escola, como fazem clubes exclusivos. Apresentou-nos meu amigo Stephan, cinegrafista americano que aqui morava havia anos.

O diretor do colégio também se chamava Stephan, um irlandês gordo e iracundo, tido por severo. Que seja Mr. Stephan para distinguir o diretor do amigo. Mr. Stephan submeteu-o a um pesado interrogatório e só então o aceitou. Passados apenas três meses, num final de manhã, Mr. Stephan telefona: venha pegar seu filho imediatamente. Está expulso. Foi flagrado com dois outros portando maconha.

O edifício do Shakespeare dista da rua quase cem metros, cobertos por um gramado. Barraram-me no portão externo.

O rito de expulsão é degradante. Trancafiam o aluno numa saleta, como numa solitária, até que alguém venha buscá-lo, quando então é escoltado e entregue no portão, com ordem de nunca mais voltarem, como se pais e filho tivessem se tornado igualmente leprosos.

Ele veio caminhando devagar, a mochila dependurada de um só lado, o semblante grave, mas de um modo que me pareceu debochado, talvez com uma ponta de orgulho por ter se destacado como transgressor. Ao se acercar, desferi-lhe um soco no nariz. Ele passou a mão esquerda por onde um filete de sangue escorrera e nada disse. Não dei o soco por causa da maconha, embora dela não gostasse, dei pela sua idiotice, por ter jogado fora a oportunidade de uma formação diferenciada. Hoje sei que não deveria ter dado o soco e me pergunto se ele teria feito a besteira de fumar maconha no colégio caso a fumasse livremente em casa, como faziam os filhos de nossos amigos.

Decidi contestar, voltar minha fúria contra Mr. Stephan. O colégio podia ser estrangeiro, mas estávamos no Brasil e a expulsão contrariava o Estatuto da Criança e do Adolescente. Que diabo de pedagogia é essa que em vez de assumir o problema comportamental do adolescente o descarta? Violência com toques de hipocrisia. Não obstante, a hipocrisia estava em toda parte. Havia um colégio popular entre os nossos, dirigido por gente como nós, da geração rebelde dos anos sessenta, todos provadores da erva em seu tempo, e que também expulsava aluno flagrado com maconha. Educadores de mentira! Higienistas escolares!

Por algum motivo que não recordo, desisti de contestar a expulsão. Fraqueza? Falta de determinação? Talvez. Hoje penso que a expulsão do Shakespeare foi também sua expulsão do paraíso. Precipitou o fim de sua adolescência e determinou o que depois veio a acontecer, a começar pela busca, primeiro hesitante depois obsessiva, de um paraíso artificial. E me culpo por não ter percebido isso a tempo. Meses depois, Mr. Stephan e sua hipocrisia vitoriana virariam caso de polícia.

21.

CRIME MISTERIOSO ABALA ELITE PAULISTANA

Foi encontrado morto ontem, no bairro dos Jardins, com marcas de tortura e estrangulamento, o diretor do afamado colégio Shakespeare, Mr. Stephan O'Connor. O delegado Paulo Mendes, da seccional dos Jardins, disse a esta reportagem que o crime deve ter acontecido na noite de sábado para domingo. Funcionários do colégio estranharam a ausência do diretor na segunda-feira e o fato de não atender os repetidos telefonemas, então o procuraram no seu apartamento, que foi aberto pelo zelador.

Encontraram o corpo do diretor nu, atado a uma cadeira e com sinais de tortura. O delegado Paulo Mendes acredita em tentativa de extorsão, seguida de homicídio. O criminoso era visitante habitual da vítima, pois não havia sinais de arrombamento. O zelador, sr. José Gomes, disse a esta reportagem que há tempos suspeitava que o Mr. Stephan vinha recebendo visitas pela porta da garagem e em horas mortas da madrugada. O delegado atribui o crime a um garoto de programa. Disse que é comum nesses casos a própria vítima cuidar para que seu visitante não seja visto.

22.

A expressão "paraíso artificial" é de Baudelaire. Desde sempre o homem busca nas essências afrodisíacas, alucinógenas ou narcotizantes o bálsamo que lhe restituirá o encanto do paraíso. Helena oferece a Telêmaco uma bebida que alivia a dor; os lotófagos seduzem os marinheiros de Odisseu com a flor do lótus. Na Europa de Baudelaire eram populares o ópio e a morfina, porém ele se referia ao haxixe, a resina da *Cannabis sativa* oriunda da Argélia, onde substituía o álcool, vedado pela lei islâmica. Entre nós, usam-se as folhas da *Cannabis sativa* secas e maceradas ao modo do tabaco, a plebeia maconha, de infinitos nomes: *bagulho, coisa, jamaica, cabrobó, dólar, douglas, danada, da lata, diamba, joana, marofa, verdinha, suruma, besteirinha, bomba, cera, danada, marvada, manga-rosa, chiba, chinfra, capim*. Quase tantos nomes quanto os tem o demônio. E mais outro: "substância entorpecente", diz a lei que pune seu porte.

A *Cannabis sativa* é um arbusto insolente; cresce em qualquer solo. Os hippies a plantavam no quintal e a erigiram em poção sacramental de um novo estilo de vida, a existência autêntica pregada por Sartre e pela contracultura, como fora, na geração anterior, a mescalina de Timothy Leary. Na novela que escreveram a quatro mãos, William Burroughs e Jack Kerouac relatam que uma porção de marijuana custava apenas dez centavos de dólar. Com a guerra do Vietnã, pulou para cinquenta — ainda assim, uma ninharia.

Nos anos de chumbo, os militares a tinham como instrumento do comunismo internacional visando à dissolução da família e dos valores cristãos. Os adolescentes necessitavam prová-la com a ânsia de uma iniciação sexual; e suas mães, temendo que na rua se metessem em encrenca, imploravam que trouxessem os companheiros para fumar dentro de casa. Entre meus amigos cineastas, rodar um cigarro de maconha era hábito. Para disfarçar, substituíam o tabaco de cigarro comum pela maconha. Ou a socavam no buraco das latinhas de filme Kodak, porção de mais de um baseado. Um diretor de cinema contrabandeou trezentos quilos do Paraguai para financiar um filme. A mim nem ofereciam. Eu era o *careta esperto* que, embora não fume, convive numa boa com os que fumam. Maconha me assustava. Se para os outros era o paraíso artificial de Baudelaire, para mim era a maçã do pecado original que, uma vez provada, me arrastaria ao desconhecido. Hoje esse modo de uso se designa "recreativo", como ir ao cinema ou ler uma novela policial. Atividade não só inofensiva como prazerosa.

Baudelaire vaticinou que, ao adentrar o paraíso artificial, o homem não escapará da fatalidade de seu temperamento.

Aplicou ao haxixe a metáfora do espelho que apenas aumenta o que está dentro de cada um. Li, nesse aprendizado tardio, que doses altas da *Cannabis sativa* provocam alucinações e impotência. Os que se iniciam como ele, na adolescência, ainda que por mera recreação, podem sofrer perda significativa e irreversível da capacidade de raciocinar. Também é maior o risco de se tornarem dependentes. Uma vez instalada, a dependência fará deles reféns.

23.

Consta do incluso inquérito que os policiais militares estavam em patrulhamento de rotina na reserva florestal denominada Serra do Itatiaia quando abordaram e revistaram o indiciado que se encontrava em atitude suspeita, não encontrando nada junto ao seu corpo, porém foram encontrados dentro de seu veículo uma porção de substância entorpecente e um cigarro, que submetidos à perícia revelaram potencialidade lesiva, conforme o laudo anexo. Considerando que foi oferecida denúncia e se trata de crime cuja pena cominada não excede um ano, não respondendo o acusado a outro processo, não tendo sido condenado por outro crime e preenchendo os demais requisitos do artigo 77 do Código Penal, declaro acatada a proposta do Ministério Público de suspensão condicional do processo com fixação do período de prova de dois anos, durante o qual o acusado deverá cumular regras de conduta de natureza extrapenal nos termos a seguir expostos: 1) proibição de frequentar lugares de má reputação; 2) proibição de se ausentar da comarca onde reside por mais de oito dias sem autorização judicial; 3) comparecimento pessoal e obrigatório a juízo trimestralmente para comprovar e justificar suas atividades no período. O acusado deverá se declarar ciente dessas condições. Uma vez satisfeito sem incidentes o período de prova, estará extinta a ação. Havendo incidentes, o processo retomará seu curso. Nada mais lido e achado, assim se inscreva nos autos.

24.

Nossa polícia é zelosa em flagrar garotos com maconha. Se lhes parecem filhinhos de ricos, extorquem sob a ameaça de prisão. Se são negros ou mulatos ou parecem pobres, processam o flagrante, para mostrar serviço e compensar o que antes não fizeram. Nem sempre são mantidos presos, todavia são sempre processados e fichados. Assim aconteceu com ele. Lembro que pedi a um advogado amigo para contestar o flagrante e anular o processo. Pai de dois adolescentes e mais experiente, ele disse: vou dar um conselho, deixe como está, serve como dissuasão. Assim fiz.

25.

Karl Neuman, o Carlinhos, mal completara dezoito anos quando fez a montagem do meu documentário sobre a cabanagem. Montagem genial. A cabanagem atraíra-me por ter sido uma das primeiras grandes rebeliões do povo pobre brasileiro. E na qual sofreu seu primeiro massacre. Trinta mil mortos. Quando meus avós libaneses chegaram a Manaus, em 1910, dela só se lembravam alguns poucos moradores. Os revoltosos eram mestiços e índios paupérrimos, habitantes das palafitas à beira do Amazonas, as cabanas. Unindo-se a pequenos comerciantes e fazendeiros, lançaram-se em 1835 a uma desesperada luta por independência política. Cabanagem, que ouvi pela primeira vez de meu avô, ficou para sempre na minha memória como uma palavra mágica. Também fui levado à cabanagem por razões práticas. O fotógrafo André Penteado publicara um álbum de retratos de descendentes dos revoltosos e cultores do líder de rebelião, o cônego Batista Campos na capela em São Francisco Xavier, onde jazem seus ossos. Com a pesquisa dada de bandeja, personagens e locações definidas, a filmagem resultava fácil e barata. No encontro de Nova York, *A guerra do povo do Rio* recebeu o prêmio de melhor montagem. De volta ao Brasil, quis compartilhar a boa-nova com o Carlinhos. Surpreendi-me ao dar com sua oficina fechada. Telefonei ao pai dele, Leopold, amigo de velhos tempos e dono de uma grande loja de material fotográfico. A família é de judeus de tradição de esquerda, imigrantes da Hungria, todos ligados à arte fotográfica. O nome Karl foi homenagem a Marx, assim como o da irmã Rosa homenageou Rosa Luxemburgo. O Carlinhos não está bem, disse-me o pai. O que ele tem?, perguntei. É grave? Leopold não respondeu. Apenas disse: passe na loja que eu explico. Lá fui e ele me revelou, a meia-voz, que o filho era dependente de cocaína. De tempos em tempos recai e tranca-se no quarto, disse Leopold. Não incomoda, não agride, apenas se isola por uma semana ou duas. Dessa vez, foi pior: a companheira o abandonou e faz quase um mês que está trancado, só sai para ir ao banheiro. A mãe lhe leva alguma comida. Perguntei: por que você nunca me falou? Se tivesse dito, você o teria contratado? Teria confiado? Tive que admitir que não. E ele deu conta do recado, não deu? Deu. E vocês ganharam esse prêmio, não ganharam? Senti no tom subitamente alterado de Leopold uma dor intensa e, sem responder, eu o abracei.

26.

Alguém telefona: Deixei seu filho no pronto-socorro do Hospital das Clínicas. Pergunto: o que aconteceu? Quem é você? O senhor não me conhece, sou amigo dele. Insisto quase aos gritos: Mas o que aconteceu? Disseram que está em coma alcoólico; não fala nem reage. Quando foi isso? Agorinha, acabei de deixar. E como você tem meu telefone? Tinha de antes, a gente sempre se encontra.

Ele devia estar com dezesseis ou dezessete anos. Depois, soube que isso já acontecera uma outra vez. Faziam ponto num boteco de esquina com mesinha de plástico na calçada, tomando vento de duas direções, ideal para dissipar o inconfundível odor da maconha. Primeiro bebem, depois rodam o baseado. O álcool é depressor, a *Cannabis sativa* é estimulante. É como se a pessoa se abaixasse para tomar impulso para o grande salto de alcance ao paraíso artificial.

Coma alcoólico pode matar por parada cardíaca, se doses

seguidas forem ingeridas rápido demais. Acontece em adolescentes que ainda não conhecem a resposta de seu organismo ao álcool. O fígado leva uma hora para metabolizar uma latinha de cerveja, ou uma taça de vinho, ou um copinho de aguardente. Acima de cinco doses seguidas sem pausa, há o risco de coma. Com dez, risco de morte.

Nesse boteco, bebiam cerveja. Nossos ancestrais embriagam-se com vinho, a que chamavam "dádiva dos deuses", pela sensação metafísica de bem-aventurança e harmonia que afastava os medos e cansaços daquela vida rude. A cerveja sempre existiu, de início como nutriente, depois — com o surgimento das cidades em torno das culturas de cereais — como inebriante do povão, mais fraca que o vinho, porém igualmente perigosa.

William Jones atribui ao álcool lugar central na humanidade, por sua capacidade de estimular nossas faculdades místicas. *Enquanto a sobriedade reduz, discrimina e diz não, a embriaguez expande, une e diz sim.* Por isso, o vinho é celebrado. *Uma taça no momento oportuno vale mais que toda a riqueza do mundo*, proclamará Mahler em sua "Canção da Morte". *Tomem, agora, o vinho! É a hora, amigo! De um só gole, esvaziem suas taças de ouro!*

Anos depois desse telefonema — ao qual, confesso, dei então pouca importância —, o álcool desencadearia todas as suas recaídas. Uma única dose bastaria para levá-lo ao descontrole.

27.

Viajávamos. Viagens curtas e longas viagens. O pantanal mato-grossense, as termas de Epitácio, as cataratas do Iguaçu, as cavernas do Paraná, a chapada dos Veadeiros. Cada viagem, um sentimento outro do mundo, uma nova aventura, uma descoberta. Ele curtia intensamente, como que maravilhado. Seus olhos brilhavam de êxtase.

A viagem à Patagônia foi a nossa derradeira e, de todas, a mais deslumbrante. Até Ushuaia fomos de avião, com escala em Santiago do Chile. Lá visitamos a nefanda colônia penal, transformada em museu, em que foram encarcerados dezenas de anarquistas argentinos e seu famoso líder, Simón Radowitzky. Ele se impressionou com as inscrições preservadas em algumas celas, que lemos atentamente. Ushuaia nasceu desse presídio.

Em seguida, encetamos a insólita travessia do estreito de Beagle, o navio margeando geleiras imensas e de um branco insuportavelmente luminoso. Um cenário fantástico, diferente de tudo o que havíamos visto. Os instantâneos o mostram alto e bonito. Estava com dezessete anos. O rosto harmonioso de tez reluzente. Cabelo crespo e negro. Olhos também negros. As sobrancelhas são grossas, e leva um bigode ralo. Na maioria das fotos, sua postura é rígida e seu olhar, distante. Parece contrariado. Algo o preocupa. Assim passou a viagem inteira. Ainda não é adulto, mas já não é adolescente. A vida não é mais um sonho, o passeio com os pais não é uma nova descoberta, é quase uma penitência. O menino airoso, alegre e dotado de intensa vontade de viver é agora um jovem arredio e de semblante sombrio.

Num dos instantâneos estamos abraçados, trajando os coletes amarelos que nos obrigavam a vestir para galgar as formidáveis geleiras. Vejo no flagrante desse abraço de pai e filho uma combinação paradoxal de afeto e estranheza. É como se o afeto partisse de mim, e a estranheza partisse dele. Um abraço que não consegue anular a distância que naquele momento separava seus pensamentos dos meus.

28.

Minha geração, de filhos e netos de imigrantes, recebeu educação simplificada, por vezes grosseira. Para muitos de nossos pais, bater no filho era modo de educar. Crianças não tinham personalidade própria. Eram pré-projetos de adultos. Como para compensar, minha geração pôs a criança num pedestal, como um pequeno deus. E, desde cedo, terapias. Dificuldades de relacionamento na pré-escola? Ludoterapia, Melanie Klein. Notas ruins no primário? Transtorno de déficit de atenção, Kumon e sessões com psicopedagogos. Depressão na adolescência? Psicoterapia.

Quando ele desandou de vez, recorremos à psicanálise pesada. Freud. Três sessões por semana. Todos diziam: não basta, mas é imprescindível. Iniciou-se então novo aprendizado: os psicanalistas despreparados, ou insensatos, ou descurados. Havia essa psicanalista jovem, muito séria e muito cara. Por um acaso, descobrimos que ele vinha cabulando seguidamente as sessões. Quando a questionamos, retrucou que se nos tivesse avisado haveria quebra de confiança entre analista e analisando. Um mês inteiro sem sessões. Ela nem sequer conseguira estabelecer um vínculo e falava em quebra de confiança. Imaturidade.

E os maduros demais, que, após uma vida de decepções, deixam de acreditar na própria medicina e se bastam com soluções fáceis para si e para as famílias. É o pacto da mediocridade que tantos aceitam. Um deles sugeriu interná-lo como psicótico, valendo-se do poder de polícia que a sociedade outorga ao médico. Dispunha de uma equipe de brutamontes pronta para agarrá-lo. Eu havia lido Foucault e sabia o que era a medicina como agência de controle social. Mandei-o à merda.

Tudo esgotado, descobri um tratamento especial, intensivo, de uma semana num hotel-fazenda. E caro. Muito caro. Findo o tratamento, houve uma cerimônia na sede da instituição em que cada participante proferiu um breve e emocionante discurso, proclamando-se livre de todos os seus demônios. A plateia, quase todos famílias abastadas, exultava, num brutal esforço de autoengano. Nós, também. Passados poucos dias, recaiu. O nome do método perdeu-se na minha memória. Nome genérico: charlatanismo.

Sobrou de tudo isso uma expressão que jamais esqueci. Intrigava-me sobremaneira sua falta de princípios e de sentimento de culpa. Nenhum sinal de vergonha ou remorso, como se não tivesse superego, ou nada mais lhe importasse. Sei que as pessoas tendem a pensar e agir do modo que lhes seja menos tenso. Mas... um jovem apto e inteligente! No início da vida! Perguntei ao meu analista — não ao dele — se a dependência química corroera seu caráter ou se, ao contrário, a falta de caráter estava dentro dele e o empurrou à dependência. O analista respondeu primeiro como filósofo. Disse: um adulto sem princípios é também um adulto sem caráter; porque, se tivesse caráter, sentiria a necessidade de ter princípios. Em seguida, fez o diagnóstico clínico: transtorno de personalidade. E mais não disse.

Que tipo de transtorno? E em que grau? Profundo? Moderado? Reversível? Insanável? É preciso ir além do rótulo genérico. Consultamos um psiquiatra argentino renomado, recomendado por amigos. O argentino nos escutou com demonstrações de enorme interesse. Queria ouvir mais e mais e mais. Cobrou cada minuto do que ouviu e não nos esclareceu.

O psicólogo americano Dan Kiley cunhou a expressão "síndrome de Peter Pan" para designar adultos que se comportam como eternas crianças. O egocentrismo, próprio da infância, faz com que queiram sempre receber, sem nunca dar. Fogem de responsabilidades. Já adulto, assim foi seu relacionamento com as mulheres: não lhe faltaram, porém as deixava assim que falavam em casar e ter filhos, ou tão somente morarem juntos. Ou será que rompia antes que os laços se estreitassem, antecipando-se a uma separação, por já ter sido separado da mãe biológica? Pode ser.

29.

Os outros falam de seus filhos — e nos calamos. Como são inteligentes — e nos calamos. Como são estudiosos — e nos calamos. Como são talentosos — e nos calamos. E nos calamos, nos calamos, nos calamos. Por um longo tempo, nos calamos. Para que estigmatizá-lo? Ninguém precisa saber. Isso vai passar.

Até que um dia, ainda hesitantes, deixamos escapar uma palavra a um amigo mais chegado. Uma palavrinha, tão somente. Desabafo discreto. Muito bem não está. Há um problema. O outro então se abre. Também calara sua história. A descoberta nos conforta. Não deveria, mas nos conforta. Não o admitimos, mas nos conforta, como se o desamparo do outro diminuísse o nosso. Reticentes, ouvimos suas experiências, e, reticentes, eles ouvem as nossas. Trocamos endereços, indicações. Depois, não mais falamos de nossos filhos.

30.

Entrei no escritório e dei com ele fumando por um buraquinho numa lata de cerveja amassada e vendo mulher pelada no computador. Chapado total. Você estava filmando os palestinos lá no Sul; eu não sabia em que cidade, e, mesmo que soubesse, não ia tirar você da filmagem. Por sorte, o Ferreira me ajudou. Primeiro, tirei ele da cadeira e arrastei para fora. Pensei que não ia conseguir, mas ele se deixou levar sem resistir. Tranquei-o no quartinho dos bagulhos. Não tive dúvidas, precisava internar como tínhamos planejado. Ainda bem que você deixou comigo o endereço e o telefone da clínica que o Márcio tinha indicado. Mas precisava de alguém para ficar ao lado dele enquanto eu dirigia, de preferência um homem. Isso foi na segunda. O Jairo tinha banca de defesa de tese. O Élvio também não podia. Sobrava o Ferreira. Ele disse: me dê meia hora para cancelar uns compromissos. Só então tirei ele do quartinho e mandei que se preparasse para uma internação. Ele não disse nada, não deu um pio, obedeceu feito um cachorrinho, pegou umas roupas e a escova de dentes, enfiou na mochila e esperou sentadinho na beirada da cama. Nem precisei perguntar se concordava ou não. Esperei o Ferreira sentindo alívio por ter tomado a decisão de internar. O Ferreira chegou e rumamos os três para Campinas, ele no banco de trás, arriado, com a mochila ao lado. Pegamos o caminho que tinham me indicado pelo telefone, uma estrada de serviço que sai do quilômetro 95 da Bandeirantes. Passamos um cemitério e um lixão, até atingir o endereço que tinham me dado, num loteamento ermo. A clínica era a única construção naquela rua e estava rodeada por um muro de uns três metros de altura. Vi que o terreno era de pouco tamanho, talvez uns cinquenta metros de frente por outros cinquenta de fundo. O portão tinha guarita. A placa com o nome da clínica era discreta. Caminho da Paz. Os procedimentos de internação foram sumários, a atendente preencheu uma ficha sem fazer muitas perguntas, como se já soubesse de tudo. Ele permaneceu passivo. Depois nos mostraram as instalações. Eram três construções, duas delas bem antigas, dava para ver. Na maior tinha um salão e na outra ficavam os alojamentos. Uma construção menor, semiaberta, servia de cozinha e refeitório. Sabia que era uma clínica pobre, precária, o Márcio tinha advertido — mesmo assim, não gostei do que vi. Tinha um jardinzinho com uns bancos e um poço no centro, tapado com tábuas. Havia poucas pessoas, sentadas, alguns jovens, outros velhos de aspecto lúgubre. Tinham o olhar estranho, como se tentassem esconder o desengano exibindo confiança e fingindo alegria. Inútil. Lugar feio e com cara de desgraça. Foi nessa hora que me caiu a ficha. Ele acabava de entrar no primeiro círculo do inferno. E nós, junto com ele. Acho que ele sabia disso desde o momento em que falei da internação. Eles sabem. Um fala pro outro. Nós é que não sabemos de nada. Na saída encontramos o fundador da clínica, um ex-alcoólatra. Falou da clínica com amargura. A maioria saía supostamente curada apenas para voltar poucas semanas depois. Os de mais idade eram quase todos alcoólatras, e os mais jovens, quase todos dependentes do crack.

31.

Ele entrava na adolescência quando a pedra entrava no Brasil. Cinco vezes mais potente que a cocaína e dez vezes mais barata, a pedra é o alucinógeno dos sem-dinheiro, dos sem-teto, dos encarcerados. E dos adolescentes. É fumada em cachimbos com canudinhos de metal. Ele devia estar se iniciando, porque ainda não tinha o canudinho. Improvisara numa latinha de cerveja. A intensa euforia produzida pelo crack é descrita como um relâmpago, o *tuim* na língua do dependente. Ao fim do *tuim*, que dura pouco, advém um mal--estar tão atroz que é preciso repetir. E repetir e repetir. A dependência do crack só se compara à da heroína. Em sua novela autobiográfica *Junkie*, William Burroughs descreve a incessante e frenética procura por doses de heroína nos becos de Nova York, Nova Orleans e da Cidade do México. Sem vontade própria, vivia em função de um único e permanente objetivo: obter uma dose, para não ficar fissurado, como diz o léxico da galera. Da mesma forma, para obter as doses, o dependente do crack fará de tudo. Abandonará o trabalho, o estudo ou qualquer outro interesse que não seja a insaciável busca da pedra. Venderá os objetos de valor da casa. Roubará dos pais e dos avós. Se tiver companheira, baterá na mulher para arrancar seu dinheiro. Tudo isso que ele faria nos anos seguintes e que me levaria a escrever a carta.

32.

Dizem que retemos na memória aquilo que nos foi significativo. Eu, desmemoriado desde sempre, lembro-me até hoje dos professores, dos demais participantes e da sala nos fundos da galeria. Lembro até do restaurante em que almoçamos no intervalo entre as duas sessões. Era um seminário de dia inteiro, num domingo, para pais de dependentes. Fiquei sabendo pelo Leopold, que, no entanto, não participou. Trezentos reais por cabeça. Minha mulher tampouco quis participar, achou desnecessário. Ela sempre esteve à minha frente no entendimento do que se passava. Eu é que vinha me iludindo.

Encontrei-me em meio a uma dúzia de pais e mães. Gente simples. Prendas domésticas, funcionários subalternos. Pessoas que, apavoradas, haviam perdido o medo de se expor. Estar ali foi um passo decisivo. Eu me assumia como pai de um dependente. Um codependente, na linguagem clínica. Dava ostensivamente o passo crucial que minha mulher já havia dado silenciosamente. Creio que era o único de formação intelectual. As aulas foram ministradas por um psicólogo, um delegado de polícia aposentado e um advogado. Todos falaram grosso. Para nos sacudir. E sacudiram. Adotaram enfoque pesado, criminal e moralista, sem nuances psicológicas ou escusas indulgentes. Enfatizaram a extraordinária gravidade da dependência em substâncias psicoativas e a quase impossibilidade de quebrá-la. Traçaram um prognóstico sombrio. Alertaram para nos preservarmos, porque teríamos pela frente uma longa luta que quase sempre termina em derrota. Tudo o que previram naquele seminário aconteceria. Eu não tinha então como disso saber. Contudo, o seminário me marcou fundo. Foi meu primeiro aprendizado formal. No fim, exibiram o filme *Diário de um adolescente*, em que Leonardo DiCaprio faz o garoto que começa a cheirar aos treze anos. Deve ter sido seu primeiro filme. Sempre me senti seu devedor por esse filme, não só pelo seu desempenho excepcional, também pelo enredo pedagógico, que mostra cada degrau da descida ao inferno. As primeiras cheiradas inocentes com a turminha que se sente imune e dona do mundo, o pouco diálogo com a mãe, a hipocrisia do padre, a inutilidade burocrática da escola, a primeira perda — do amigo que morre de leucemia —, a primeira picada, a primeira expulsão da escola, o primeiro roubo, a primeira prisão, depois a rua, finalmente a prostituição, derradeiro círculo do inferno.

33.

Nosso *Palestina tropical*, sobre a diáspora palestina, não alcançou o sucesso do *A guerra do povo do Rio*. Foi criticado pelas lideranças palestinas por não enfatizar o conceito de nação palestina e pelas lideranças da comunidade judaica por dramatizar o sofrimento de milhares de famílias palestinas vivendo até hoje em campos de refugiados.

Contudo, os testemunhos confirmaram o sentido de exílio que Abou havia postulado: o de estarem longe de seus cultivares e povoados, mais do que de um país ou estado-nação. E um conceito de diáspora próprio, o de dispersão dos membros da família estendida, o clã, definido pela linha paterna, de que se ressentem muito mais do que estarem afastados de uma pátria.

Filmei muito na fronteira com o Uruguai, onde se concentra metade dos cerca de cem mil palestinos que emigraram para o Brasil, a maioria entre os anos 1940 e 1950. À medida que filmava, remetia ao Abou, que então localizava os remanescentes das mesmas famílias em Israel e nos territórios da Autoridade Nacional Palestina. Abou veio para a edição, feita pelo Carlinhos, mas ficou conosco apenas uma semana. Conseguimos levá-lo à Serra da Mantiqueira, que o deixou deslumbrado.

34.

De repente, sumia. Saía à tardinha ou na boca da noite e não voltava. Colado ao telefone, eu aguardava o pior. Outras vezes, partia com destino definido e a esse destino não chegava. Assim foi com o tratamento intensivo no hotel-fazenda, a duas horas de São Paulo. Partiu cedo e não chegou. Passei a telefonar de hora em hora, e a resposta era sempre a mesma: seu filho ainda não deu entrada. Até que ele próprio me telefonou dizendo que estava no hotel. Era madrugada. Senti estranheza na voz e liguei para o hotel. De novo disseram: seu filho ainda não deu entrada. Só se registraria na madrugada seguinte. Perdeu o primeiro dia do tratamento. Nunca entendi o que aconteceu nem perguntei. Talvez tenha passado a noite num hotel de porta de rodoviária com uma prostituta apanhada no caminho. Os sumiços se tornariam frequentes, como se uma força poderosa o arrastasse a uma busca compulsiva por lugares que só ele conhecia. Tempos depois, em

Belo Horizonte, para onde nos mudáramos por um ano como professores visitantes da Universidade Federal de Minas Gerais, saía assim que anoitecia. Eu deixava passar um tempo, até que me alarmava e partia de carro à sua procura. Percorria as avenidas em torno do parque, depois a Amazonas, a Afonso Pena, tentando distinguir sua silhueta entre os poucos transeuntes. Alta madrugada, retornava tão sorrateiramente como havia saído.

35.

Finda a internação, não sabíamos o que fazer dele. Não era bom voltar ao cenário onde tudo começou: à rua onde o jornaleiro que o abastecia continuava a vender jornais e a abastecer, ao nosso bairro onde conhecia todos os pontos e todos os outros. Drauzio Varella explicara num artigo de jornal que, assim que os neurônios reconhecem os estímulos ambientais e psicológicos ligados ao uso anterior da substância psicoativa, ressurge a ânsia pela substância. Um reflexo condicionado, como os estudados por Pavlov.

Dado que podia retomar o curso de música, propus que fosse morar perto da faculdade, na Bela Vista. Enquanto estudasse pagaríamos a faculdade, duas refeições por dia e o aluguel de um quarto de pensão diretamente onde tivessem que ser pagos, de modo a não colocar dinheiro em suas mãos. E que não viesse ao nosso bairro. Um exílio urbano. E um castigo monetário.

Aceitou, porque não lhe restava alternativa. Assim que encontrou a pensão, procurei a padaria próxima e acertei zerar semanalmente a conta do café da manhã e do prato feito. À faculdade comparecia, conquanto cabulasse muito. Um curso agradável, de música, e ainda assim cabulava. Vez ou outra, ganhava uns trocados, como ajudante de um pintor de paredes. Vivia na penúria. Eu o imaginava a errar pelas ruas sórdidas da Bela Vista, meu filho, um quase mendigo. E me afligia. Naquele tempo, ainda me afligia.

Certa tarde, ao pagar a conta na padaria, o dono me confidenciou que ultimamente ele vinha trocando o prato feito por cervejas. Com esse subterfúgio não contávamos. Mais um aprendizado. Os especialistas estão errados. Não adianta mudar de cenário. O cenário é a compulsão que está dentro deles; para onde vão, a carregam. Assim que chegam a um novo lugar, descobrem os pontos e os outros. Imagino que se identificam pelo olhar inquisitivo e o caminhar ansioso. Se reconhecem sem ter que se falar.

De modo que nada se resolveu. Em pouco tempo, nos disse que na pensão da Bela Vista não podia continuar. Disse que repartia o quarto com um bandido e que a vizinhança estava infestada de traficantes. Insistiu que precisava sair de lá com urgência. Pensei: endividou-se e está apavorado. Traficantes são implacáveis. Valentão, nunca foi. Continuamos sem saber o que fazer.

36.

— Você falou da sua madrasta?

— Falei.

— E dos castigos e que você passava fome?

— Falei, falei tudo.

— E como ele reagiu?

— Ficou surpreso, muito surpreso, fez um monte de perguntas, quis saber o que tinha acontecido com a minha mãe e eu contei quase tudo; contei a parte que a minha mãe só tinha quinze anos quando eu nasci e que antes de eu completar três anos me entregou ao meu pai, porque não tinha condições de me criar. Ele ouviu com muita atenção, depois disse que sentia muita raiva por ter sido abandonado.

— Ele falou "abandonado"?

— Falou, disse que mãe que é mãe não abandona o filho.

— E o que você disse?

— O que eu podia dizer? Expliquei que uma mãe não deixa um filho se não for por motivo muito forte; se deixa é por amor, pelo bem *do filho. Depois tive que atender uma pessoa e a conversa parou, mas ele ficou esperando e retomamos assim que a consulta terminou.*

— Você falou que atende as pessoas porque é médium?

— Falei. Ele gostou de saber, disse que também é médium e que tinha sido menino índigo.

— Menino índigo? O que é isso?

— Você não sabe? São crianças especiais que vieram para melhorar o mundo; são superdotadas e também conseguem adivinhar o futuro.

— Muito estranho, de onde surgiu isso?

— De um livro que ficou famoso muitos anos atrás, hoje poucos se lembram; foi escrito por uma mulher que enxergava o campo magnético das pessoas, a aura em torno de cada um: às vezes era amarela, outras vezes vermelha, de repente surgiu um menino com aura da cor índigo. Ela também era médium.

— Que história mais maluca.

— É que você não acredita em nada disso.

— O que mais você disse a ele?

— Disse que tudo depende de cada um, não depende de pai, de mãe, de médico, de ninguém.

— E o que ele disse?

— Não disse nada; levantou e foi embora. Acho que ele quer se prejudicar, não quer sair do estado em que está.

37.

Preciso falar do seu espiritismo. Foi a amiga médium quem o iniciou. Embora eu não me interessasse pelo espiritismo, tinha por ela muita afeição e confiava no seu tirocínio. Também sabia do empenho da Federação Espírita na assistência a dependentes e julguei que qualquer aporte espiritual era bem-vindo. E participar de um ato espírita não deixava de ser um rito de passagem, embora tardio.

O psicólogo italiano Luigi Zoja equipara o consumo de psicotrópicos de nossos dias aos ritos de passagem de antigas culturas. Ele argumenta que não basta nascer no corpo, é preciso também nascer no espírito, e isso se faz incorporando os símbolos, as heranças culturais e os ritos de iniciação. Que herança cultural podiam lhe dar pais de linhagens tão discrepantes, e avós oriundos uns do Líbano maronita, outros das miseráveis aldeias judaicas do Leste Europeu?

De um antropólogo amigo de minha mulher, ele recebeu

livros espíritas psicografados e *O Evangelho segundo o Espiritismo*, de Allan Kardec. Assim descobri que também pessoas de formação científica acreditam na vida após a morte, na migração das almas e na reencarnação. Perplexo, pus-me a pesquisar. A psicologia diz que é narcisismo. O narcíseo ama tanto a si próprio que não aceita que o mundo possa continuar existindo sem ele. Por isso, agarra-se à crença da imortalidade da alma. Não creio que seja o caso dele. Se amasse tanto a si mesmo, não se deixaria destruir com os psicotrópicos. Concluí que seu espiritismo é uma fuga. Foge da única certeza que temos: a da vida de hoje e de agora, que não consegue encarar e, por isso, refugia-se na esperança de nova chance na vida futura.

Também fui pesquisar essa história maluca do menino índigo. Chama-se Nancy Tappe, a mulher que o inventou. Nos Estados Unidos, a crença no menino índigo virara religião com milhares de adeptos e ganhara nome, a *New Age*. A historiadora das religiões Sarah Whedon explicou o que chama de construção social do menino índigo, como uma resposta da sociedade americana a uma crise da sua infância, marcada pela crescente violência e multiplicação de diagnósticos de déficit de atenção e hiperatividade.

Percebi que, em pouco tempo, ele passara a ler exclusivamente livros espíritas. Nenhum espaço sobrava em sua mente para a aquisição de outros saberes, como os científicos. Contudo, o espiritismo também se apresenta como código de conduta moral. Endossa os dez mandamentos outorgados a Moisés, episódio que Allan Kardec interpreta como comunicação mediúnica entre Moisés e Deus, e sustenta que a cada encarnação temos a oportunidade de corrigir faltas cometidas na anterior e nos aperfeiçoar moralmente, até nos tornarmos um espírito superior. Cheguei a especular que talvez ele buscasse comunicação mediúnica com o espírito da mãe biológica. O que certamente não buscava era aperfeiçoamento moral.

38.

A ideia de emigrar surgiu do carimbo. Era seu primeiro emprego com carteira assinada. Lembro, como se fosse hoje, dele voltando alvoroçado da entrevista com a notícia de que estava contratado como tradutor das revistas de música *Billboard* e *Spin*, que estavam lançando versões brasileiras. Pensei: valeu ter estudado nos Estados Unidos. Naquele dia, trajava blusa branca e calça azul-marinho bem passada. Estava elegante. E de cara boa. Vivia então momento precioso de abstinência. Imaginei o quanto estaria feliz, o quanto sonhava.

No dia seguinte, voltou cedo e cabisbaixo. Disse que, ao se apresentar para o trabalho, inventaram uma desculpa e carimbaram CANCELADO ao lado do registro do contrato na carteira de trabalho. Deduzimos que haviam topado com o processo por porte de substância tóxica. Estragaram a vida do rapaz antes de ela começar. Decepção. Com a ficha suja, de que adiantaria mandar currículo para outras empresas? Pressenti tempestade e sugeri que fosse para outro estado, bem distante, ou que emigrasse para o Canadá ou a Austrália, dois países de língua inglesa que facilitavam a imigração.

    O acaso quis que emigrasse para o mais improvável dos países: Israel. O Carlinhos estava indo para lá, onde tinha parentes e contava trabalhar com o Abou al-Walid, de quem ficara amigo durante a edição do *Palestina tropical*. Ao me despedir dele, o velho Leopold me chamara de lado e revelara que o sistema de tratamento de dependentes de Israel era o melhor do mundo. Deve ter sido isso que me motivou. Perguntei se qualquer um podia ir. Tem que provar que é filho de pai ou mãe judia, respondera, não importa a nacionalidade, o que manda é o sangue. É a mesma regra da Itália para os descendentes de italianos e da Polônia para os descendentes de poloneses. E como alguém prova que tem sangue judeu? Pela história da família e pelo sobrenome, o atestado é um rabino que dá. Pagam passagem e, chegando lá, dão um curso de hebraico. Mas tem que ter o atestado.

39.

A proposta o agradou. Ele mal completara vinte e cinco anos. Uma viagem ao desconhecido nessa idade é sempre sedutora. Libertação, fuga, aventura, recomeço. Mas não deixava de ser um desterro. Era como se, em meu inconsciente, quisesse me livrar dele. Bania-o muito antes de chegar à carta.

Na véspera do embarque, ficou bastante alterado. Houve uma despedida à qual vieram amigos e vizinhos; enquanto festejavam no quintal ele desceu até a garagem, onde um deles tinha deixado sua moto, e saiu montado em louca disparada pelo bairro. Arrebentou-se. Podia ter morrido. Viajou no dia seguinte com ferimentos nos joelhos e nos ombros. Temi que não o deixassem embarcar.

Em Zurique haveria troca de avião. Tempo de espera de dez horas. O pequeno grupo aproveitaria para conhecer a cidade e o lago Zurique. Ele embarcara tão desvairado, e eu estava de tal modo paranoico, que imaginei o pior: ele faria uma besteira qualquer, se descolaria dos outros e perderia a conexão. Só sosseguei quando conferi com Abou al-Walid pelo telefone que ele desembarcara com o grupo em Israel e se encontrava no centro de absorção de imigrantes numa cidade chamada Ashkelon.

40.

O filho criança mente para se proteger de nossa ira; adulto, mentirá para nos proteger de seus fracassos. Humanas mentiras nas quais fingimos acreditar. Ele mentia para nos defraudar. Na antevéspera da partida para Israel, dei-lhe um relógio de pulso. No embarque, não vi o relógio. Perguntei: cadê o relógio? Fui assaltado na saída de um bar, disse. Já então, duvidava do que ele dizia, mas fingi acreditar. Deixei passar. Hoje me pergunto: por que deixei passar? Talvez porque não quisesse a verdade. Refugiava-me na dúvida, quem sabe fora mesmo assaltado? Tornara-me de fato um codependente.

Em Israel, não demorou a pedir dinheiro. Disse que era para comprar um carro de segunda mão. Sugeri que se aconselhasse com Abou al-Walid. Dias depois, disse que o Abou viu o carro e aprovou. Mandei o dinheiro e não comprou carro, comprou moto. Sabia que para moto eu não daria dinheiro.

Mentiu sobre o Abou e mentiu sobre o carro. Virou entregador de pizza. Dependente químico gosta de moto pela facilidade de chegar aos pontos mais escondidos e com um dinheirinho na mão.

Ao visitá-lo, dei com a moto largada aos pedaços no fundo de um quintal, faltando peças. Perguntei o motivo de não ter respondido a meus últimos e-mails. O computador pifou, disse. Era um laptop que eu havia lhe dado ao embarcar para Israel. Perguntei: pifou como? Deu curto-circuito no poste e queimou. Perguntei: do poste o curto chegou até o computador? É, chegou. Perguntei: você não pediu indenização à companhia de eletricidade? Ainda não, mas vou pedir. Estranhei. Mentiras costumam ter lógica singela. Teria sido mais simples repetir a explicação do sumiço do relógio: fui roubado. Tempos depois, eu encontraria a explicação em *O idiota* de Dostoiévski: uma mentira, para ser acreditada, tem que ser maior que a mentira anterior.

Não parou de pedir dinheiro, inventando ora uma necessidade, ora outra. A indenização da companhia de eletricidade jamais pediu.

41.

O telefone toca no meio da noite. Olho o relógio e calculo: em Israel amanheceu. O que será desta vez?

Não era ele, era um amigo.

— Seu filho tentou se matar.

— Como?!

— Bebeu detergentes e uns outros líquidos de limpeza, mas está melhor.

— Onde ele está?

— No pronto-socorro, deve sair hoje ou amanhã.

Dois dias depois, desembarco em Israel. Durante a viagem, assaltam-me pensamentos ruins. Suicídio é coisa dramática demais, é antinatural, afronta nosso principal instinto, o de sobrevivência. Um rapaz não se mata por birra ou mera perda de autoestima. Ainda mais ele, que sempre teve tanta vontade de viver. É preciso que esteja sofrendo ao ponto do transtorno mental, seja porque se sente encurralado, ou por temer algo atroz. O suicida não deseja a morte propriamente, deseja pôr um fim ao sofrimento.

Questiono-me se o impulso autodestrutivo não estava dentro dele desde a infância, sem que soubéssemos, sem que ele próprio soubesse, dentro daquele outro eu inacessível que Winnicott chamava de "verdadeiro eu". Se assim for, certamente tentará outra vez e mais outra até conseguir. Passei angustiado as catorze horas da travessia.

Abou al-Walid, a quem eu avisara da viagem repentina, me aguarda com seu carro no desembarque. Não nos víamos desde a exibição do nosso *Palestina tropical* no festival de Berlim, cinco anos antes. Noto que perdera o ar de garotão. Recebe-me com um abraço. Mostro-lhe o endereço que me haviam passado, em Tel Aviv. Do aeroporto à cidade são apenas quarenta minutos, diz Abou. A solidariedade de Abou é comovente.

No caminho fico sabendo que o Carlinhos se dera bem em Israel e trabalhava num canal de tevê. Às vezes, fazia um bico com o Abou. Percebi que o Abou não sabia da drogadição do Carlinhos e assim deixei. O endereço em Tel Aviv era de uma quitinete nos fundos de uma alfaiataria. Minúscula e coalhada de camas. Descubro que o suicídio não foi suicídio. Ingerira uma mistura de detergentes que não mataria uma barata. A lembrança de Fernando Pessoa é inevitável. Se te queres matar por que não te queres matar? E interpreto o episódio como um grito disfarçado de socorro. Hoje penso que talvez nem isso fosse, talvez tenha recorrido aos detergentes por falta de outra substância narcotizante ou excitante. Na busca desesperada do paraíso artificial, há quem beba até água de bateria.

42.

Falei das mentiras e não falei dos roubos. Alertas não faltaram. Lembro quando dei pela falta do meu walkman, aparelhinho popular nos anos noventa. Fiquei intrigado e não me passou pela cabeça que ele o tivesse roubado. Hoje, só vejo essa explicação. Estava com quinze ou dezesseis anos. Não roubou para se deleitar ouvindo música, assim como certas crianças roubam um brinquedo porque querem a mãe, não para brincar. A mãe do dependente é a substância psicótica. Mãe madrasta.

Que outros objetos então furtou, nunca saberei. Sei que não parou. Do furto em família, passou a roubar os amigos. Em Tel Aviv, roubou do único amigo que lhe restara e que nos piores momentos o acolhera. Envergonhado por um crime que não pratiquei, ressarci. Um erro. A codependência afeta o tirocínio. Depois, deu-se o episódio do furto do salário da própria companheira. Assim que ela chegou, ele arrancou dela o dinheiro. Coisa feia. Uma mulher fragilizada pela ausência do pai desde pequena, que tinha a mãe doente e um irmão predador. Uma companheira que o amava. E ele a dilapida. Ela ainda custou a dar queixa à polícia, iludida pela crença de que ele assim agira porque estava fora de si. De que não foi ele quem arrancou o dinheiro de suas mãos: foi um outro, alucinado, como nos filmes de terror em que o corpo de uma pessoa é invadido por outra. Que diferença faz? Ele é ele e seu corpo. A alucinação não existe fora dele.

Por ter arrancado o dinheiro dela à força, pegou seis meses de cadeia. Ao sair, sem nada ter aprendido e em nada mudado, roubou a mochila dos que o haviam acolhido generosamente ao ver que não tinha onde ficar. Na mochila havia também documentos e por isso tiveram que dar queixa à polícia, e ele foi outra vez preso. Depois, condoídos, retiraram a queixa e ainda pagaram uma fiança para soltá-lo. Outro erro. Todos erram. Todos. Não sabemos lidar com um mal que é de corpo e de caráter a um só tempo.

Nosso código civil chama de furto a subtração sub-reptícia e de roubo o assalto anunciado, para o qual a pena é mais pesada porque supõe que o assaltante vem de arma em punho e não poucas vezes mata ou fere quem resiste. Penso que está errado, porque roubar sub-repticiamente é roubar também a informação de quem roubou. E, se o furto se dá em família ou entre amigos, rouba também uma relação afetiva. Mais que um crime contra a propriedade, é um crime contra o espírito que une pais e filhos, irmãos e irmãs, amigos e amigas, companheiros e companheiras.

43.

— *Vamos à primeira acusação. Ameaças. Ela declarou que você a ameaçou.*
— *Ameacei do quê?*
— *De agressão.*
— *Mentira dela; se ela se sentisse ameaçada teria procurado o serviço social.*
— *Então você nega a acusação?*
— *Nego.*
— *Ela também o acusa de extorsão, de exigir dinheiro.*
— *Mentira; não preciso do dinheiro dela.*
— *Você nega a acusação?*
— *Nego.*
— *Vamos à terceira acusação. Ela declarou que você quebrou objetos no apartamento.*
— *Que objetos?*
— *Um vaso e o tampo da pia.*

— Mentira dela, podem lá ver que não tem nada quebrado.

— Ela disse que isso foi antes, em outro apartamento.

— Invenção dela; foi a gata que derrubou o vaso; e a pia já estava trincada.

— Você nega a acusação?

— Nego.

— Vamos à acusação mais grave, a de agressão física.

— Que agressão?

— Ela diz que você apertou o pescoço dela e quase a estrangulou.

— Como ela poderia dizer que apertei o pescoço dela se não tem nenhum sinal?

— E que você bateu com a cabeça dela na parede várias vezes.

— É tudo mentira, eu nem estava lá.

— Ela disse que você chegou alterado e por isso não se lembra de nada.

— É outra mentira dela: estou limpo desde o começo do ano. Lembro de tudo, eu nem estava no apartamento.

— Você tem certeza de que não estava lá?

— Absoluta.

— Onde você estava?

— Tinha ido a uma festa.

— E como você explica a queixa dela?

— Ela deu queixa por ciúme; ficou braba por eu ter ido à festa.

— Mas o vizinho do apartamento ao lado disse que ouviu ela gritar e escutou barulhos.

— Que barulhos?

— De alguma coisa batendo na parede.

— E daí?! Pode ser que ela estava pregando alguma coisa na parede.

— Também disse que você empurrou uma vizinha que veio em socorro dela.
— Tudo mentira.
— Como você explica que cinco vizinhos disseram a mesma coisa?
— Disseram o quê?
— Que ouviram gritos dela pedindo socorro.
— Porque a queriam proteger, por ser mulher.
— Proteger do quê, se você disse que nem estava lá?
— Não sei, não gosto deles, já dei queixa na polícia contra um deles que me atacou.
— O sr. Cohen?
— Esse mesmo; me ameaçou com uma faca e dei queixa.
— O sr. Cohen disse que foi você quem o ameaçou com uma faca.
— Mentira dele. Não gosto do estilo de vida deles.
— Ou eles é que não gostam do teu?
— O que tem meu estilo de vida?
— O sr. Cohen disse que vocês brigavam com frequência.
— Tudo mentira.
— Então você nega a acusação de agressão?
— Nego.
— O sr. Cohen também declarou que você tentou roubar a bicicleta do outro vizinho.
— Se eu tentei roubar, por que ele não deu queixa na polícia?
— Segundo o sr. Cohen, o outro não deu queixa porque não deixou você roubar.
— Então não roubei.
— Ele também declarou que posteriormente a bicicleta desapareceu e tem certeza de que foi você e que, depois disso, passou a te evitar.
— Problema dele.

44.

Quando cursava a quarta série, a classe produziu um jornalzinho que a todos surpreendeu pela ousadia e qualidade da escrita. Abordava o vandalismo na escola, os anseios do adolescente e até política. Ele foi um dos editores e escreveu o editorial. Portanto, tinha qualidades, não era um medíocre. Na mesma época, deu início a um diário, hábito que nunca abandonaria. Passou a escrever compulsivamente. Páginas e páginas cobertas de letras miudinhas, como escrevem prisioneiros que não podem desperdiçar papel.

Depois que partiu, encontrei uma dezena de cadernos e maços de folhas soltas de seu diário. Corri os olhos por algumas páginas em busca de uma luz. Eram relatos minuciosos de peripécias, aventuras amorosas e incursões alucinógenas. Nas poucas páginas que li, não li arrependimentos nem remorsos, sequer dúvidas sobre a vida que vivia. E de nós não falava, como se não existíssemos. Talvez se imaginasse sem genitores, um bebê de proveta, porque reconhecer nossa existência implicaria admitir a hipótese de ter sido rejeitado por seus pais biológicos.

Havia passagens com picos de euforia e visões de um futuro exuberante, todavia sem projeto algum. Concluí que jamais pensou em mudar. Havia naturalizado o comportamento que paradoxalmente desnaturara sua vida. Mudaria, talvez, se atingisse o fundo do poço. Ter rifado pai e mãe não contava. Percebi também que, passados anos de escrita compulsiva, em vez de reflexões instigantes, escrevia banalidades. Penso nos erráticos — mas inspirados — diários de Cocteau, nas memórias contundentes de De Quincey, de William Burroughs e de Hans Fallada, todas de valor humano e literário. Esgotara-se o talento que demonstrara ao editar o jornalzinho de escola.

45.

Entra-se pelos fundos de um puxadinho, através de uma catraca. O lugar é desagradável. Piso gasto, paredes desbotadas, cadeiras de plástico rotas. Há dois guichês. Num deles, me apresento e entrego o passaporte. Será devolvido na saída. Sou informado que no outro devo pagar por dois pacotes de cigarros, máximo permitido por preso, e depositar uma pequena quantia, para compras de refrigerantes e pasta de dente. Presos que não fumam também pedem cigarros. Usarão como moeda de troca.

Enquanto espero, observo os demais. Um senhor de terno cinza e gravata de listras. Um velho de longas barbas brancas, óculos de aro fino e a rodelinha de tricô dos judeus ortodoxos presa nos cabelos. Uma mulher nem jovem nem velha, de belos olhos negros, com a cabeça envolta num turbante árabe. Uma moça loira, de blusa decotada e saia curta, o rosto escondido por óculos escuros. Duas velhas juntinhas, ambas miúdas e de rosto enrugado. Um rapaz de camiseta e bermuda.

Fico a imaginar a desdita de cada um. Um filho que bebeu demais e atropelou uma senhora idosa? O irmão mais velho que matou a irmã mais nova por ela ter se apaixonado por quem não devia? A loira de óculos escuros pode ser uma imigrante da Rússia ou da Geórgia. Os russos bebem muito, perdem a cabeça e batem na mulher. Também existe a máfia russa, li nos jornais. Cometem crimes hediondos, tráfico de mulheres, sequestros, extorsões. Quem sabe é o cafetão que está preso? E o judeu ortodoxo? Veio ver um filho ou um neto? Filho ou neto, talvez seja um desses fanáticos que destroem centenárias oliveiras de agricultores árabes?

Nas paredes há avisos em árabe, russo e hebraico. A letra hebraica é dura, de linhas retas, como gravada a talhadeira; a árabe é contínua e graciosa, desenhada delicadamente a pincel. O cirílico russo usa as nossas letras latinas, mas a metade delas virada de costas. Três escritas tão diferentes. Não entendo nenhuma delas.

Assim como as placas não se falam, os visitantes não se falam. Cada um carrega só sua desgraça. Não há solenidade alguma. Só tristeza. A jovem loira está lixando as unhas. A mulher árabe de lenço de cetim permanece contemplativa, como que imersa em reflexões. A forçada convivência entre estranhos já se arrasta por uma hora.

Finalmente, somos encaminhados a um pátio. Um guarda comprova a identidade de cada um. Outro examina os objetos que despejamos sobre uma mesinha. O exame é meticuloso, e as regras, rígidas. Cuecas sim, calças não, camisetas sim, camisas não, meias curtas sim, meias compridas não. Só depois nos conduzem ao parlatório. Todos os guardas vestem sinistros uniformes pretos.

O parlatório tem cinco cabines. Já o encontro sentado numa cabine do meio, do outro lado da repartição de vidro. Tem o rosto pálido, sem expressão alguma, e a cabeça raspada. Nos falamos por um interfone. Poucas palavras. Perguntas óbvias, respostas óbvias. Como está? Falta alguma coisa? A hora não é de julgamentos. É de mostrar que, quando nada mais existe, existe a família. Mas a pergunta está dentro mim: e depois? Que marca levará da prisão? A do ferro quente que marca o boi para sempre? Ou a de um hematoma que sumirá em pouco tempo?

Cadeias são lugares feios. Ocorreu-me que eu estava conhecendo a Terra Santa não por seus cenários maravilhosos e templos milenares, e sim pelos seus espaços sombrios, onde transitam os cativos e os transgressores. Vou pedir ao Abou que me leve para ver algum lugar bonito.

46.

Doutor, então se pode dizer que vivemos num mundo em que todos são dependentes de alguma substância psicoativa? Todos têm um vício?

Sim, somos todos dependentes, o ser humano sempre precisou de um sedativo ou estimulante, por isso é importante que a sociedade entenda a necessidade de certas pessoas por narcóticos, assim como outras precisam de café ou pílula para dormir.

Que mal psíquico é esse que todos sofremos?

É uma dor primeva que só nós, humanos, carregamos, uma angústia por sabermos que somos transitórios, é o sofrer inato de que fala Buda, é o desamparo do nascer de que fala Freud, é a culpa pelo pecado original de que fala a Bíblia.

Não há como escapar?

É difícil. Nenhuma espécie nasce tão desamparada quanto a espécie humana, o bebê nasce absolutamente impotente: deixado só, morre em poucas horas ou dias. Esse desamparo ao nascer jamais nos deixa, vira medo de um novo desamparo; também sofremos pressões contingentes de origem social.

Quanto isso nos afeta?

Muito, tanto quanto a dor física; nem sempre temos consciência disso, mas sentimos sempre uma incompletude e a necessidade de nos projetar para fora de nós mesmos.

Quando o uso de psicotrópicos vira problema?

Quando cria uma dependência comportamental danosa.

O que leva à dependência?

Um desequilíbrio entre o sistema cerebral de gratificação, que procura a satisfação de nossos desejos, e o de regulação, que os deveria moderar.

E o que leva a esse desequilíbrio?

Em geral, traumas na infância. Há clara correlação entre traumas na infância e dependência. Há quem chame a dependência de automedicação de um trauma.

E como tratar a dependência?

Por métodos psicanalíticos que reforcem comportamentos

resistentes ao desejo. A psiquiatria baseada apenas na medicação mostrou-se impotente, e o número de casos vem se tornando astronômico. Também vejo inúmeros casos de dependência que não são necessariamente extremos.

Mas é possível cortar a dependência por métodos basicamente psicanalíticos?

É difícil, muito difícil, mas não há alternativa.

Como o senhor lida com seus pacientes?

Procuro motivar o paciente a mudar de comportamento, sem fazer sermões nem julgamentos e sem a pretensão de saber o que é bom ou ruim para ele.

Mas o senhor tem convicções?

Claro que tenho; mas não posso controlar o que o dependente fará ou deixará de fazer.

Como isso se dá na prática?

Tento me situar entre o respeito à sua autonomia e minha convicção.

O senhor pode me dar um exemplo?

Se uma mulher que sofreu abuso sexual na infância se pica de heroína de seis em seis horas e está grávida, vou tentar ajudá-la a ficar em uma dose por dia em vez de quatro, se isso é o máximo que ela consegue.

Mas o senhor é capaz de não a julgar irresponsável ou mesmo criminosa, se ela sabe que vai envenenar o feto?

Não posso julgar suas escolhas, porque o uso da heroína reflete um sofrimento ou uma tentativa de superar esse sofrimento. Eu digo a ela: você me procurou porque teme que o serviço social tire os seus filhos; vejamos como é possível reduzir esse risco. Que tal você pensar em uma dose por dia e não quatro? Você conseguiria? E que tal não compartilhar as seringas? É uma proposta de trabalho.

E funciona?

Funciona por algum tempo, ou se o dependente ainda tem algo muito importante a perder.

Mas os sistemas públicos só tratam o dependente que para imediatamente de usar psicotrópicos.

Não só isso; mesmo pacientes que voltaram para casa são submetidos a testes semanais e, se não passam, o tratamento é suspenso e a ajuda financeira é cortada, o que é absurdo e antiético; as pessoas buscam tratamento justamente porque não conseguem se controlar.

Então, condicionar o apoio está errado?

Completamente errado.

E qual o argumento dos sistemas públicos?

Alegam que, se o dependente não estiver abstinente, gastará

o dinheiro recebido em alucinógenos; ora, isso é o mesmo que negar apoio a um diabético porque pode comprar doces, ou a alguém com enfisema porque pode comprar cigarros; é uma cultura moralista muito arraigada que considera a dependência em psicotrópicos uma falha de caráter.

De onde vem essa cultura moralista?

Dos dogmas religiosos com seus conceitos salvacionistas de virtude e pecado, totalmente contrários à perspectiva médica. Essa cultura moralista estigmatiza o dependente e faz dele o outro; ora, não se trata do outro, se trata de todos nós, de um fenômeno que deixou de ser marginal e que não pode ser isolado ou mantido longe de nós.

O que o senhor faz quando um paciente recai?

Eu considero a dependência em psicotrópicos uma desordem crônica com episódios recorrentes de remissão; penso que todos recairão, não vejo isso como grande coisa nem vejo a cura como algo definitivo.

Se o senhor não pode prometer a cura, o que o senhor pode oferecer?

Ninguém pode prometer a cura.

47.

Estávamos hospedados na casa de Abou, uma mansão de três andares no monte Carmel, à espera da autorização para ele se internar. Se a pessoa tem algum problema médico além da própria dependência química, não internam. Havia uma confusão em torno dos resultados dos exames e era preciso esperar dois dias para nova consulta médica, já marcada. Abou nos levou para passear. Os povoados árabes distinguem-se pelos casarões de três e até quatro pavimentos, como o da família de Abou. De longe, parecem hotéis. Abou explicou que é hábito o patriarca ocupar um dos andares e cada filho casado outro.

Impressionei-me com a paisagem da Galileia, irresistivelmente cinematográfica. No sábado visitamos Daliyat al-Karmel, a principal cidade drusa da Galileia, e em seguida o santuário dedicado a um patriarca druso próximo ao lago Tiberíades. Só então fiquei sabendo que os drusos são espíritas, igualzinho aos kardecistas. Creem na migração das almas e na reencarnação. Seu ramo de islamismo é mesclado com preceitos filosóficos de Platão e Aristóteles. Suspeito que Allan Kardec não inventou nada. Copiou dos drusos.

Ao voltarmos, súbito ele diz: Abou, preciso ir para Tel Aviv, me leve até o ponto do ônibus. Fala de modo brusco. Não diz "quero", diz "preciso". Noto que está perturbado. Tento entender, mas não sei o que perguntar e não digo nada. Ele anda pelo salão, de um lado a outro, como um animal enjaulado. A esposa do Abou, Fátima, percebe a tensão e o chama para conversar. Fátima é assistente social. Conversam misturando hebraico com inglês. Deixo-os a sós.

Finda a conversa, pede outra vez: Abou, me deixe num ponto de ônibus. Apanha a mochila e se posta na porta como quem diz "se não me levar, vou a pé". Decido ir com ele a Tel Aviv. Logo, decido que não. Inútil querer vigiá-lo. Digo: talvez seja melhor, assim você amanhece em Tel Aviv para a consulta com a médica. Peço a Abou para deixá-lo no ponto de ônibus. Dou-lhe uns trocados para a passagem.

Nessa noite dormi pouco. Fiquei a imaginar. De manhã telefona Michel, seu amigo brasileiro de Tel Aviv: ele sumiu, largou a mochila ontem à noite, saiu e não voltou. Pego o ônibus para Tel Aviv. Uma hora e meia de viagem nervosa. Ao chegar à quitinete, fico sabendo que ele surrupiara cem dólares do amigo. Preocupa-me a consulta com o médico. Se perder a consulta, perde a internação. Pergunto: onde pode estar? Michel diz que não encontrou sinal dele na estação central de ônibus, onde fazem ponto os traficantes, a cracolândia de lá. Insisto: onde mais poderia estar? Pode ser que esteja na Gat

Rimon. Reconheço o endereço pelas cartas que lhe enviava. Deve ter morado ali por algum tempo.

    Michel explica: o prédio está abandonado, mas conheço um jeito de entrar. É perto e vamos a pé. O lugar é um sobrado decrépito situado numa ruela em obras. Michel pula um muro com a agilidade de quem fez isso muitas vezes e desaparece. Retorna em poucos minutos. Diz: está lá em cima dormindo. Com a ajuda dele, pulo o muro. Subimos uma escada atulhada de detritos. Ele dorme num colchonete. Ao lado, uma garrafa de vodca vazia. Antes de acordá-lo, examino o lugar. Há muita sujeira e pontas de cigarro. Na gaveta de uma escrivaninha desconjuntada, há revistas em quadrinhos e outras pornográficas.

48.

Crises de abstinência são terríveis. Levam à *fissura*, estado de colapso mental absoluto. Ao sentir a aproximação da fissura, o indivíduo se lança a uma busca frenética da substância psicoativa, tentando evitar que aconteça. É a evidência maior de que se tornou um dependente. Atingido esse limite, a dependência torna-se insanável. A mais disseminada é a do alcoólatra. De Quincey assim a descreve: "O ébrio sobe por degraus contínuos até um cume, a partir do qual desce os degraus correspondentes; mas existe um ponto máximo do movimento ascendente que, uma vez atingido, não permite volta".

As mais perigosas dependências são as de heroína e cocaína. No auge de seu delírio, o dependente abre talhos nos braços e nas pernas, porque sente insetos percorrendo suas veias e os quer expulsar. Alguns tentam o suicídio. Em clínicas do Japão, os dependentes de heroína em processo de desintoxicação são vigiados por judocas; e os mais agressivos, enjaulados para que não se matem.

49.

Crystal, a médica escreveu no formulário. Nem precisou perguntar. Deduziu de suas pupilas dilatadas. Ele apenas confirmou. Eu não sabia o que era *crystal*. Hoje, sei. É um alucinógeno sintético engolido como pílula, ou moído e cheirado como a cocaína, ou diluído em água e autoinjetado por picada, ou enfiado no cu por meio de uma seringa sem agulha. É tido como fortificante sexual e popular em baladas, porque permite dançar ininterruptamente.

Naquele dia entendi que não se limitava a uma substância psicoativa determinada, valia-se do que estivesse à mão. Oliver Sacks, que passou por tudo isso, diz que as pessoas não procuram na substância psicoativa um efeito específico, e sim uma sensação difusa de felicidade. Só não se picava, isso observei. Picam-se os que atingiram o último círculo do inferno. Mutilam o próprio corpo, como numa autoflagelação. A tanto, não havia chegado.

O *crystal* é da família das anfetaminas, oferecidas pela indústria farmacêutica numa grande variedade de formas, o ecstasy do adolescente europeu, o rebite do caminhoneiro que dirige vinte horas seguidas para cumprir prazo, a bolinha do estudante que atravessa a noite preparando-se para uma prova. É a poção mágica da nossa era de competição selvagem e de cada um por si. Em doses altas, torna a pessoa violenta ou faz com que se sinta possuída por delírios persecutórios e alucinações. Usada continuamente, leva à degeneração irreversível do cérebro.

Crystal, a médica escreveu no formulário de encaminhamento da internação. E me perguntei: Desde quando?

50.

OCTOBER, 26, 2015

Beirut airport authorities have foiled one of the country's largest drug smuggling attempts, seizing two tons of the amphetamine before they were loaded on to the private plane of a Saudi prince. Investigators said they found forty bags of Captagon Amphetamine pills and some cocaine aboard the plane, which was about to depart for the northern Saudi city of Hael. A security source told AFP that the prince was identified in media reports as Ahmed bin Walla bin Abdala. He and other suspects were being questioned by authorities. Captagon is the brand name for the amphetamine fenethylline, a synthetic psychostimulant mostly used in the Middle East, particularly in Syria.

51.

Assisti outra vez ao *Diário de um adolescente*. Atentei mais aos detalhes. Na cena final, pela porta entreaberta, o filho desesperado implora à mãe por cinco dólares, o preço de uma dose. A mãe vacila, igualmente desesperada; mas, por fim, bate a porta na cara do filho sem lhe dar os cinco dólares. O aprendizado da mãe foi também o meu aprendizado. O filme se baseia no livro *The Basketball Diaries*, de Jim Carroll, jogador de basquete talentoso que muito cedo se tornou dependente. Também escrevia compulsivamente, poesias e um diário. Publicou vários livros depois que se libertou da dependência. Ao rever o filme, passados tantos anos, impressionou-me a semelhança do enredo com o que se passou com ele. Inclusive os roubos e a prisão. Só não sei se chegou a se prostituir. Decerto, nunca saberei. Também não sei se haverá um final feliz, como no filme.

52.

Para se chegar ao Kiryat Shlomo é preciso ter à mão um roteiro. Não há placas indicativas, nem o hospital é visível da autoestrada. É como se quisesse se esconder. Atravessamos um pomar de laranjas depois um descampado até atingir uma horta de morangos. Só então, avistamos o edifício branco. Rapazes e moças colhiam morangos curvados sobre os canteiros. Dois homens observavam de pé, como se os vigiassem.

Kiryat Shlomo é um hospital para doentes mentais. Tem três pavimentos. É inteiramente cercado, tendo dois portões, lado a lado, entre os quais ergue-se uma guarita, acima do nível do solo. Um dos portões leva ao hospital propriamente, o outro à clínica Tzeadim para desintoxicação de dependentes de substâncias químicas, instalada nos fundos do edifício. Soube, depois, que os jovens a catar morangos eram da Tzeadim.

Abou me explica que *tzeadim*, em hebraico, significa "passos". Também no Brasil centros para dependentes costumam se chamar passos disso ou daquilo. É uma referência à ideia de estar sóbrio um dia de cada vez. Um passo de cada vez. E costumam igualmente ficar em fundos. Nos fundos das sacristias, nos fundos dos centros espíritas, nos fundos das prefeituras. Sempre nos fundos; singular poética de espaços sombrios.

Fiquei sabendo que em Israel há uma dezena dessas clínicas de desintoxicação. Se o dependente decide se tratar, procura seu médico do sistema nacional de saúde, que o encaminha a uma etapa de desintoxicação de vinte e um dias. Estar desintoxicado é requisito para ser aceito por uma das comunidades de tratamento de longa duração. Todas as etapas são voluntárias. O dependente tem que querer o tratamento.

Assim que Abou estacionou, chegou outro carro do qual saíram uma garota e um homem de meia-idade e semblante abatido, que julguei ser seu pai. A garota era do tipo mignon, loira, de cabelos ondulados e rosto de boneca. Estava de jeans e blusa branca. Dei a ela dezoito ou dezenove anos. Logo ela retirou do porta-malas uma valise de viagem com rodinhas, abraçou o homem em despedida e caminhou até o portão. Pareceu-me que o porteiro a conhecia, pois abriu o portão assim que ela se aproximou e lhe acenou. Só então me dirigi ao porteiro e expliquei em inglês o motivo de minha visita, marcada pelo telefone. Ele conferiu numa folha à sua frente e me abriu o portão. Abou não entrou.

Encontrei-o sentado ao lado de alguns outros, sem nenhuma expressão no rosto. Nos falamos pouco. Apresentou-me ao coordenador, um russo, com quem conversei alguns minutos em inglês; em seguida, mostrou-me os dormitórios, no piso superior, cada um contendo seis camas, banheiro e chuveiro. As demais instalações eram precárias, como se tudo aquilo estivesse ali provisoriamente.

Soube que muitos dos internos eram alcoólatras — a maioria, imigrantes da Rússia e da Geórgia. Os jovens pareciam precocemente envelhecidos. Veio-me à memória, por instantes, o relato de minha mulher sobre sua primeira internação na clínica de Campinas. Percebi que, não obstante serem todos transitórios, tratavam-se carinhosamente, como conhecidos de muito tempo.

Eu viera me informar se, terminada a desintoxicação dali a poucos dias, iriam transferi-lo diretamente para uma comunidade de tratamento de longo prazo, conforme o plano que ele acertara com a médica, ou seria preciso que alguém o levasse. Ele passara por uma desintoxicação em Israel anos antes; porém, na hora de assumir o tratamento de longo prazo, dera para trás. E, quando foi sentenciado a seis meses de cadeia pela agressão à companheira, recusou a alternativa de um ano de internação para tratamento da dependência que o juiz lhe oferecera. Preferiu cadeia à internação.

Desta vez, se o transferissem diretamente, pretendia nem voltar a vê-lo. Queria que continuasse a sentir a solidão dos desesperados que o levara a finalmente optar pelo tratamento de longo prazo que duas vezes recusara. Mas de novo fraquejei e pedi ao Abou que me levasse para vê-lo na véspera da transferência. Não sei se fiz bem. Sei que não fez diferença para o que veio a acontecer. Ao me despedir, ele disse: depois de me tratar, vou me dedicar ao trabalho social com dependentes. Nada respondi. Tudo o que diz é como água que escorre pelos dedos. O coordenador informou que eles mesmos o levarão à comunidade. Sistema porta a porta. Viajei inutilmente. Não, inútil de todo não foi, pois foi essa viagem que determinou minha carta de alforria.

Saí de coração apertado. Ao passar pela guarita, ocorreu-me indagar do porteiro se ele conhecia a garota que entrara antes de mim. Ele disse: That was Yael, it is the third or fourth time... Perguntei: so many? Yes, it is very sad, they always return.

53.

Por vezes, imaginei-o um virtuose do violão. Um artista. Talento não lhe faltava. Tocava com maestria, estilo jazz. Seus dedos longos e finos faziam o violão quase falar. A arte não seria a salvação, mas daria à sua vida um valor e à sua drogadição, um pretexto. Ao artista tudo é permitido. A heroína correu solta nas veias dos grandes jazzistas; o álcool e o ópio, nas de grandes pintores. O haxixe inspirou poetas. Huxley atribuiu à mescalina efeitos comparáveis aos que sentem os gênios da arte e os grandes visionários. Uma geração inteira de escritores norte-americanos bebeu tanto para escrever que criou um gênero literário másculo-etílico. Entretanto, assim como inspira, o alucinógeno também mata. Alucinógenos e álcool levaram dezenas de artistas à morte antecipada. Ele não precisaria ser um Chet Baker ou um Jimi Hendrix. Bastaria que fosse um bom violonista, vivendo da sua arte.

Eu lhe enviava gravações do Yamandu Costa e do Duo

Assad. Vez ou outra, mandava um jogo de cordas. Certa vez, pediu uma gravação do cubano Leo Brouwer. Vasculhei inutilmente as lojas de música. Meses depois, o departamento de música da USP convidou o cubano para um simpósio, e só então descobri que era venerado entre virtuoses e estudiosos do violão erudito. Foi na época das carências agudas em Cuba, devido ao colapso da União Soviética, e o cubano não trouxera discos. Mandei as partituras.

Transcorreu longo tempo até que voltasse a visitá-lo. Ao chegar, notei que faltava a sexta corda do seu violão, a corda *mi*. O dedal dessa corda estava quebrado. Perguntei: há quanto tempo está assim? Acho que um ano. E por que você não conserta? Não respondeu, deu de ombros. E se pôs a dedilhar com apenas cinco cordas.

Havia por perto uma loja de instrumentos musicais. Comprei a tarraxa completa com os parafusos de fixação, remendei o dedal quebrado com araldite e disse: espere vinte e quatro horas; se o araldite não aguentar, você ainda tem a tarraxa nova para substituir a de dedal quebrado. Perguntei: você tem chave de fenda? Não, mas arranjo com o vizinho. Também lhe deixei um jogo de cordas. Passado um mês, soube que substituíra a tarraxa defeituosa pela nova. Contudo, a imagem do violão quebrado ficou para sempre gravada na minha memória como símbolo de uma vida desperdiçada.

54.

Confesso que já o quis morto. Pensamento que depressa afastei, assustado comigo mesmo. Necessitava tanto e tão imediatamente de alívio que não levava em conta o incomensurável sofrimento da perda do único filho. Ou talvez julgasse a perda definitiva mais suportável que a agonia infindável. Em todos esses anos, só tivemos sossego, paradoxalmente, durante os seis meses de abstinência forçada, em que cumpriu pena na cadeia pela agressão à companheira.

Muitas vezes, me perguntei: para que serve um filho desses? Se eu fosse crente, diria que veio ao mundo para nos pôr à prova. Desperdiçou todos os talentos. Deturpou todos os sentimentos. Fingiu afeição aos pais quando quis dinheiro, fingiu lealdade a amigos quando precisou de um teto. Cedo ou tarde, todos o abandonam. Seguem sua vida e o deixam para trás como a um traste. Tornou-se tão insignificante que, se deixasse subitamente de existir, apenas nós — seus pais —

perceberíamos. O homem pode existir de muitas formas e pode sempre mudar a forma de existir; porém, o tempo de uma existência é limitado. Metade de seu tempo se foi. Por isso, me pergunto: para que serve um filho desses?

55.

Num enclave da serra do Gilboa, distante de qualquer cidade ou povoado e quase totalmente cercado pelo território da Autoridade Nacional Palestina, jaz a comunidade Malkishua, onde finalmente se internara. Malkishua é a mais remota das colônias de tratamento de dependentes de substâncias químicas de Israel. Depois dela, não há nada. Só cercas de arame farpado e a faixa de terra de ninguém.

Antes de regressar ao Brasil, pedi ao Abou que me levasse para vê-lo. A jornada é longa, porque é preciso contornar todo o Hebron palestino. O trajeto recende história do começo ao fim. Começa no entroncamento de Megido, onde se deu a Batalha do Armagedom entre egípcios e canaanitas, mil e quinhentos anos antes de Cristo. Ali, Abou mostrou-me um pequeno museu, em torno do poço cavado então pelos canaanitas, que lembra o mítico confronto.

De Megido, a estrada percorre a planície de Jezreel, onde

cento e quarenta anos atrás estabeleceram-se os primeiros imigrantes judeus da era moderna. Jezreel era então um pântano maligno onde imperava a malária. A população árabe somava menos de meio milhão em toda a Palestina. Hoje, o Jezreel está tomado por campos de trigo e milho, além de colônias coletivas judaicas. Os judeus são quase sete milhões, e os árabes, quase dois milhões só em Israel, onde se sentem discriminados, e outros cinco milhões no Território da Autoridade Nacional Palestina e espalhados pelo mundo. É a história de seu dramático exílio, que contamos no nosso documentário.

Ao atingir o sopé do Gilboa, o asfalto se estreita, serpenteando por encostas que se sucedem, num sobe e desce interminável. Nessas montanhas pedregosas, dois mil anos antes de Cristo, o primeiro rei de Israel, Saul, enfrentou os filisteus e os derrotou. De um mirante, no cume do morro, avistamos o vale amarelado e pontilhado de tanques de peixes que nos devolvem os raios do sol como pequenos espelhos. O cenário é esplendoroso. Percebe-se, mais ao longe, o traço verde e irregular do Jordão, contra o fundo em sépia das montanhas nuas da Jordânia. Ao sul, avista-se Nazaré, onde nasceu Jesus. Os povoados drusos e beduínos podem ser vistos a oeste. Conquanto os drusos professem religião própria, Abou parece conhecer bem os santuários cristãos e os descreve com minúcias.

Antes, havíamos consultado o site de Malkishua. A comunidade mantém três centros distintos de reabilitação: um para adolescentes, outro para adultos e um terceiro para jovens religiosos. Todos supervisionados pelo Ministério da Saúde. O tratamento leva um ano e meio, tempo considerado necessário para mudar o comportamento do dependente. Compreende quatro etapas de rigor decrescente, três dentro da comunidade e a última fora, porém sob supervisão, em albergues urbanos.

Pouco antes de atingir o portão da comunidade, surpreende-nos um vinhedo verdejante acompanhando em curvas de nível uma depressão entre os montes. A única cultura de todo o trajeto, talvez a cargo da própria comunidade. Ao chegarmos a Malkishua, deparamo-nos com um silêncio de convento. Por quase dez minutos, ninguém nos atende. Ao passarem por nós dois rapazes de cabeça raspada carregando um balde, Abou lhes perguntou em hebraico onde era a recepção. Não responderam. Pareciam assustados e apenas menearam a cabeça de um modo que depois interpretei como estando proibidos de falar.

Ele apareceu após alguns minutos mais, de cabeça raspada, postura rígida e cara de assustado. Falou de um sistema de punições, contou um caso recente de desistência e disse que, do grupo que entrara há um ano, só haviam restado quatro. Foi essa sua conversa. Breve. Mal entrara, pensava em sair. Eu lhe disse: enquanto estiver se tratando, conte com meu apoio; se desistir, esqueça que você tem pai. E me despedi. No trajeto de volta, por um primeiro momento arrependi-me por ter sido duro, embora ele estivesse na pior. Desabafei com Abou, que nada comentou. Quinze dias depois, já no Brasil, telefonei a Malkishua para saber como ele estava: He left us [Ele nos deixou], disse a secretária secamente. Nesse mesmo dia, escrevi a carta.

56.

Não posso terminar sem falar também de nossas imposturas, ainda que inocentes se comparadas às dele. A começar pela adoção à brasileira, sem passar por um juiz de família. Sempre lhe dissemos que não sabíamos quem foram seus pais biológicos, o que era e ainda é verdadeiro. A mulher que nos trouxe o bebê disse que não sabia. Quem era essa mulher e como a conhecemos, nunca lhe dissemos claramente. Não nos ocorreu que tivesse importância, e, no passar do tempo, tudo se esqueceu.

Sobre sua mãe biológica, simplesmente silenciamos. Jamais nos referimos a ela de modo negativo ou de qualquer outro modo. Mas o silêncio também é produtor de significados; pior, de elucubrações — e essas, ao contrário do que pensávamos, com o tempo engrossam e assombram o imaginário do adotado.

Hoje sei que a criança precisa da verdade para organizar seu mundo, mas não pergunta o que sente que seus pais têm dificuldade em responder. Ele não perguntava. Para o adotado à brasileira, a verdade é ainda mais necessária. Ele é mais carente que um órfão, porque nem sequer sabe quem foram seus pais, seus avós, seus tios. Sem essas informações, terá dificuldade em se estruturar como sujeito, poderá se tornar um ser inseguro e mais propenso a procurar a paz de espírito no paraíso artificial.

Aprendi também que falar plenamente da adoção com as palavras certas e no momento certo é crucial na formação do vínculo afetivo. E tenho dúvidas se o fizemos bem-feito ou apenas mais ou menos. Li que, na França, a mãe que doa o filho tem que deixar uma carta explicando-lhe por que fez o que fez. Fico a imaginar o que pensou ao ganhar a consciência de filho adotivo. Pior, o que pensou na adolescência, ao saber das coisas feias da vida?! Teria nascido de um estupro? Ou de um incesto? Talvez se refugiasse na idealização de uma mãe biológica apenas muito pobre ou incapacitada. Talvez.

Um médico amigo escreveu um atestado de parto em casa. Com esse papel fraudulento, obtivemos seu registro de nascimento como filho consanguíneo, suas matrículas escolares e sua caderneta de vacinação. Tudo falso, por vício de origem. Adulto ele procedeu do mesmo modo, tirando sua cédula de identidade, sua carteira de trabalho e seu passaporte. Meu amigo Leopold obteve de um rabino o atestado de descendência judaica com base nos documentos da mãe judia, mas adotiva — não de sangue. Portanto, outra mentira. Enfim, um rol de imposturas. Por muito tempo, medroso como sou, temia ser desmascarado. Minha mulher, não. Nunca se importou. Para ela, eram meros subterfúgios inerentes a uma adoção, à brasileira ou não.

57.

Dava este relato por encerrado e eis que sonhei com ele. Assim que acordei, pus por escrito. O sonho é a manifestação de um desejo ou de uma ansiedade. Algo me perturba. Algo relacionado a este relato. Foi um longo sonho, composto de cenas distintas, como num filme. Na primeira delas, sou apenas espectador. Vejo-o em algum lugar de Israel ao lado de um palestino que possui um caminhão com carroceria grande tipo cofre. Ele é o ajudante. Está de boa aparência e ar bonachão. Parece um tanto trapalhão ou fraco da cabeça, porém de boa índole. A cara do palestino é do meu avô libanês. As portas laterais da carroceria estão abertas, exibindo no seu interior uma carcaça de boi, como essas que os frigoríficos entregam nos açougues para serem retalhadas. O palestino se vangloria de ter comprado a carne por apenas mil dólares, podendo vendê-la por um milhão. Grita: vamos ganhar um milhão! Um milhão! Na cena seguinte, ele e o palestino arrastam a carcaça por uma corda até um lugar desértico, onde ambos cavam um buraco para enterrá-la. O palestino grita: *Yala! Yala!* Depressa! Depressa! Exatamente como gritava meu avô quando se impacientava. A carne estragou e deu tudo errado, contudo nenhum dos dois parece se importar. Na linguagem onírica, buracos e espaços ocos podem representar o genital feminino ou a maternidade. No sonho há um duplo oco: o da carroceria aberta e, dentro dela, a carcaça também aberta. Pode-se interpretar como uma dupla maternidade, a da mãe biológica e a da mãe que o adotou. Ao enterrar a carcaça, enterra uma delas. Qual delas? Dado que em toda a sequência ele está tranquilo, deduzo que enterrou a mãe que o deu para adoção, com isso superando esse trauma da adoção. Todavia, sou eu que estou sonhando. Sou eu quem deseja que ele supere o trauma. E o palestino? Por que grita que vai ganhar um milhão? O milhão lembra o programa do imposto de renda que eu acabara de preencher e que pedia para eu confirmar que meu patrimônio era de um milhão. O palestino do sonho, portanto, sou eu: neto de árabes, proclamando que tenho patrimônio de um milhão, que será dele quando eu morrer. Na cena seguinte, estamos os dois num tribunal aguardando o julgamento de uma ação movida por ele contra uma pessoa que roubou seu celular. Ele está de pé e examina uma fileira de três cadeiras de plástico verde, como quem pondera se deve sentar. O verde das cadeiras pode ser o verde da *Cannabis sativa*. Ou seja, não quero que se renda à *Cannabis sativa*. Eu o questiono por dar tanta importância a um celular. Ele diz: não é por causa do aparelho, é por causa do que está gravado; não quero que o ladrão escute. Deduzo que as gravações do celular representam o conteúdo deste relato. Sou eu o ladrão, que fuçou no seu diário, que roubou sua história de vida para fazer dela um livro. O sonho expressa meu medo de que receba mal o que escrevi, de que me repudie, caso publique, assim como o repudiei pelo que fez e que descrevo. Segue-se uma sequência em que ele viaja com um grupo alegre de moças e rapazes, na carroceria de uma camionete, que precisa contornar o lago Tiberíades que transbordou. Lago cheio sugere afogamento. Ao fazer a camionete contornar o lago, expresso o desejo de que contorne a dependência. Em seguida, as mesmas moças e rapazes dançam num tablado enquanto ele os observa, encostado numa mureta. Ele pergunta a uma garota de malha colante e seios avantajados que dança com um rapaz baixinho se quer continuar dançando ou prefere ir ao alojamento dele que fica perto para transarem. Ela responde que prefere transar. Logo, estão os dois na porta do alojamento; ele abre a porta e dá com o quarto esfumaçado e ocupado por três rapazes, dois deles dormindo e um tocando violão sentado numa cadeira. A garota acha graça e ambos desistem. A cena da dança nada me sugere. A cena do quarto esfumaçado, no qual não entram, expressa meu desejo de que abandone o mundo dos dependentes químicos. Na cena seguinte, a última, volto a participar. Ele se dirige a mim e diz, satisfeito, que recebe uma pensão de mil dólares por mês. Pergunto: que pensão? É uma pensão que o governo de Israel dá a quem vem de países onde há muita violência. Calculo mentalmente se mil dólares por mês bastam para o sustento em Israel e concluo que não, mas nada digo. Ele abre um envelope exibindo uns quatro ou cinco cheques de mil dólares de cor marrom e diz: veja como estou economizando. E acrescenta algo surpreendente mesmo num sonho: pai, por que você não vem também para cá e aproveita essa pensão? Envelope remete a carta. A carta com a qual iniciei este relato. A carta em que o excluí de meu convívio. Seu convite para me juntar a ele expressa meu remorso por tê-lo excluído.

Em sonhos anteriores, ele sempre apareceu miúdo, com quatro ou cinco anos, brincando alegre como era quando criança. Interpretava aqueles sonhos como um desejar nostálgico de que não se tornasse quem se tornou. Neste sonho, aparece adulto, rapagão de uns vinte e cinco anos, alto, um tanto magro, contudo de ótima aparência. Talvez o mesmo desejo, de que não se tornasse quem se tornou, expresso de outra forma.

Postscriptum

   Passaram-se dois anos sem que dele tivéssemos notícia. Dois penosos anos em que fizemos um gigantesco esforço para esquecê-lo. Até que, certa noite, o telefone toca e era ele. Falou com a mãe. A voz cansada, como se estivesse sonolento, porém serena, ela depois me diria. Contou que trabalhava como auxiliar de cozinheiro numa cidade turística chamada Ácaba, no sul da Jordânia, na costa do mar Vermelho. E que estava bem. Disse que, ao sair de Malkishua, sem ter onde ficar e sem dinheiro, embarcara em Haifa num navio mercante italiano, que precisava com urgência de um ajudante de cozinha. Explicou que na Jordânia não se bebe álcool, as pessoas são mais educadas que em Israel e quase todos falam inglês. Assegurou que estava limpo. Estou bem, repetiu várias vezes. Disse para não nos preocuparmos.
   Como não nos preocuparmos? Imediatamente começou tudo de novo. A mesma angústia. As mesmas dúvidas. Estaria

de fato bem? Ou estaria fingindo? Por que telefonou? Por que agora? Será que quer dinheiro?

Aos poucos, as ligações à mãe foram se amiudando, até se tornarem quase diárias. Embora sempre assegurasse que estava bem, bastava passarem dois dias sem ele telefonar e voltavam os maus presságios e as noites insones. Ele reentrava na nossa vida com toda a carga dramática de antes.

Logo passou a trocar mensagens com a mãe pelo WhatsApp. E reclamou: por que o pai não fala comigo? Minha mulher me passou o celular e eu o saudei um tanto lacônico, talvez temendo o refluxo de um afeto sofrido, caso a conversa se alongasse. Passei a saudá-lo regularmente quando telefonava para a mãe e eu estava por perto, menos laconicamente, mas sempre com um pé atrás.

Demorei a me convencer de que estava de fato bem. Depois de um de seus telefonemas, fiz as contas: se era verdade o que dizia, estava abstinente havia dezoito meses. Os entendidos dizem que é preciso pelo menos dois anos de abstinência para nutrir alguma esperança de não haver recaída. Ainda assim, o risco é permanente. Pensei: largado à própria sorte, sem pai nem mãe, sem a companheira que o amava, confrontado com o desperdício de quase metade de sua vida, só então encontrou forças para se libertar. Será mesmo verdade? Será possível?

Os pais sabem dos filhos pelo tom de sua voz. Nesses telefonemas a sua fala era sempre boa, sóbria, apesar de às vezes sonolenta, talvez porque ligava no meio da noite, devido à diferença de cinco horas no fuso horário. Outros sintomas positivos: jamais falou em dinheiro e estava sempre voltando cansado do trabalho ou saindo para trabalhar. Queixava-se das longas jornadas, em especial dos plantões à noite, que disse detestar.

Uma noite, porém, sua voz nos soou perigosamente melancólica. Reiterou que estava bem, mas que sentia muita solidão. Achava que estava deprimido. Pronto! Sinal de perigo! Decidimos visitá-lo. Também porque, nesse ínterim, nos demos conta da nossa própria fragilidade. Foram dois anos de velórios seguidos. Minha geração chegava ao fim. A consciência da finitude passou a nos dominar. Achamos que era importante ele saber disso. Não para despertar comiseração, e sim para lhe dar mais força, ao perceber que o tempo corria célere não só para ele, também para mim e para a mãe. Que restava pouco tempo para nos reconciliarmos, para nos reencontrarmos num modo de vida amoroso e funcional.

Pesquisei Jordânia e Ácaba no Google. A Unesco acabara de designar Petra, antiga capital dos nabateus, como patrimônio da humanidade. Ficava a meio caminho entre Amã — a capital da Jordânia, onde pousavam os voos internacionais — e Ácaba. Decidimos primeiro fazer turismo em Petra e só depois seguir para Ácaba, como se quiséssemos nos aproximar dele aos poucos, tateando o terreno e preparando o espírito.

Em Amã, aluguei um carro e pernoitamos. De Amã a Petra, a estrada atravessa duzentos e cinquenta quilômetros de deserto; e de Petra a Ácaba são mais cento e cinquenta. Chegamos a Petra, situada num desfiladeiro cravado entre montanhas avermelhadas, num final de manhã de sol intenso. Diferentemente de outras ruínas da antiguidade, os templos dos nabateus foram esculpidos dentro das montanhas de arenito como gigantescas cavernas, adornadas por colunas greco-romanas em relevo.

Petra nos deslumbrou, mas nosso pensamento estava o tempo todo no encontro que teríamos em Ácaba. Exauridos da viagem e da visitação aos templos, pernoitamos num pequeno hotel-butique, repleto de ruidosos turistas ingleses. Apesar do barulho, caí no sono antes de minha mulher e dormi pesado, o que foi bom.

Partimos para Ácaba na manhã seguinte, logo depois do desjejum. Dirigi imerso em lembranças, trocando poucas palavras com minha mulher, que me pareceu também tomada por recordações. Entre Petra e Ácaba, o cenário é de uma aridez agressiva. Montanhas e montanhas nuas de tom pardacento. Tinha lido na internet que Ácaba nasceu do comércio de especiarias, trazidas por barcos que penetravam no mar Vermelho oriundos da Índia. Dali, os mercadores seguiam em camelos até Gaza, de onde, novamente por mar, atingiam a Europa, ou até Petra, de onde seguiam para Damasco.

Hoje, Ácaba é um destino turístico de europeus que fogem do inverno. Demos com uma baía rodeada de hotéis de luxo. Nas ruas, viam-se pessoas de todos os tipos físicos, negros, árabes, loiros, orientais. Soube depois que os hotéis oferecem alojamento a seus empregados, o que atrai toda sorte de desesperados, mal pagos e aos quais nada se pergunta. Uma espécie de legião estrangeira. Nesse improvável fim de mundo, fomos encontrá-lo.

Minha primeira impressão ao vê-lo foi a de que tinha crescido. Parecia muito mais alto do que fora. Não. Eu é que tinha encolhido. Ninguém cresce depois dos vinte, e ele passava dos trinta e sete. Nos abraçamos à mãe, primeiro, longamente. Percebi que não fungava, nem levava o dedo ao nariz a cada minuto, como da última vez que nos vimos.

Parecia o mesmo de antes, loquaz, falando em voz alta e gesticulando, as palavras jorrando continuamente, como para não dar espaço a dúvidas ou contestação, o tom um tanto impostado, como a esconder insegurança. Mas seu semblante, outrora sobranceiro, quase desafiador, era outro, compenetrado, circunspecto. E o conteúdo de sua fala muito outro, denso, lógico, maduro. Surpreendi-me.

Explicou que no navio italiano pagavam uma miséria e era tudo muito ruim, por isso saltou fora quando atracaram em Ácaba. No hotel, também tinha moradia e pagavam um pouco melhor que no navio, mas não sobrava dinheiro, porque estava pagando as dívidas. Fiquei estupefato. Lembrei-me de que, por ocasião da nossa ruptura, eu lhe havia dito que, se pensasse um dia se regenerar, que começasse devolvendo o dinheiro que havia tomado dos amigos. Mas não disse nada. O Karl estava pago, o Abou também, ele disse. Até o fim do ano, liquido a dívida com o Michel, o amigo com quem compartilhara o teto em Tel Aviv.

Almoçamos. Ele pediu um prato de camarão, o que me lembrou seus gostos apurados e seu refinamento à mesa. Sempre gostou de camarão. Também pensei: deve ter pouco dinheiro e está aproveitando nossa presença. Pensei sem malevolência, ao contrário, sentindo imenso prazer por lhe dar esse prazer. Entre uma garfada e outra, ele nos explicou minuciosamente como funcionava o sistema do hotel, quanto ganhava e quanto sobrava depois dos descontos de comida e alojamento. Falou dos chefes e colegas de trabalho, como era esse e como era aquele. Estava por dentro de tudo. E alerta, talvez preocupado demais com miudezas, cheguei a pensar. Talvez se perdendo em coisas menores.

Mas, não. Logo passou a falar de temas abstratos. Disse que continuava espírita, mas não como antes. Sua visão do espiritismo havia mudado. E falou tão bonito que me esforcei em gravar mentalmente. Depois, anotei para não esquecer. Eis o que disse: do espiritismo aproveitei os ensinamentos morais sobre conduta, sobre família, sobre a necessidade de aperfeiçoamento do espírito, mas o espiritismo não explica o funcionamento da nossa mente nem a relação entre pensamento e emoção; isso eu encontrei no budismo. Hoje não penso em vida depois da morte nem em reencarnação, penso na vida que estou vivendo, em quem sou e o que quero ser, busco meu autoconhecimento, a verdade das coisas.

Eu havia lhe trazido o livro *Inteligência emocional*, de Goleman, que ele pedira ao saber de nossa viagem. Só depois dessa declaração de princípios entendi o fervor com que me agradeceu. Ficou-me a impressão de que ele construíra para si um arcabouço mental de sustentação para ajudá-lo a reorganizar a vida, até então sem rumo.

Mais tarde, ainda naquele primeiro dia, a caminho do restaurante, para jantarmos, se pôs a perguntar sobre a adoção. Quem foi a mulher que o entregou para nós? Onde morava? Como se chamava? Por que vocês disseram que foi uma adoção à brasileira? É uma adoção ilegal? Como fui registrado? Um médico amigo atestou que você nasceu em casa, respondi. E deixei que a mãe respondesse o resto.

Perguntava sem denotar raiva, mas com firmeza. Senti que não era mera curiosidade, e sim a busca do autoconhecimento para a qual só agora estava preparado, fossem quais fossem as respostas. Pensei: será que alguma vez falamos "adoção ilegal"? Se falamos, foi um erro grave. Então era um ilegal? Estava no mundo ilegalmente? Minha mulher me assegurou, depois, que jamais dissemos isso nem nada parecido.

Também quis saber do gesso, das botinhas, quantos meses aquilo durou. Em seguida indagou dos amigos, desde os mais antigos, quando ainda estava na pré-escola. De cada um, queria saber como estava e o que fazia, e sobre cada um tecia um comentário. Em dois momentos, me assustei. O primeiro, quando disse que antigamente ouvia vozes, agora só raramente. O segundo, quando começou a falar, sem nenhum motivo aparente, de dependentes que se injetam. Aqui também tem muito drogado, disse, tem até os que se injetam; por que será que no Brasil não se injetam? Os americanos é que injetam muito. E sentenciou: o mais perigoso é ficar ruim da cabeça.

Depois disse: o Michel está muito mal. Estranhamos, pois era sempre o Michel a salvá-lo nos piores momentos. É que ele consegue controlar, pagar o aluguel, e tem a moto para trabalhar. Percebi que falava dos dependentes e até do Michel como sendo o outro. Estava demarcando, reiterando para si e mostrando para nós que tinha saído do mundo dos dependentes.

No dia seguinte, mostrou-nos seu quartinho no conjunto residencial dos funcionários do hotel, que até poucos dias antes dividia com um árabe de Amã, filho de palestinos expulsos de sua aldeia pelos judeus na guerra de 1948. Explicou que o árabe viera a Ácaba por ter sido abandonado pela esposa. Tinha voltado para Amã a chamado da mãe, que lhe arranjara outra mulher. Disse que se dera bem com esse árabe, mas se ressentia da falta de privacidade. Dentro de poucos dias, outro viria ocupar a cama do árabe. São dois empregados por quarto, obrigados a se tolerar.

O quarto me lembrou a cela de prisão de um condenado

que não se deixou abater, nem perdeu a humanidade. Um prisioneiro com autoestima preservada e determinado a recuperar a liberdade e uma vida funcional. Cama esticada, chão limpo. Tudo arrumadinho. Cada objeto em seu lugar, numa ordem que indicava uma mente igualmente organizada.

Nenhum vestígio da sujeira e do desleixo que eu vira na quitinete que dividira com o Michel e outros em Tel Aviv. Juntando a materialidade monástica de seu quartinho, quase um claustro, às jornadas exaustivas de trabalho, a sensação que dava era de um penitente. Cumpria uma promessa feita a si próprio.

Na nossa frente, ficou só de cuecas e se trocou, sem nenhum constrangimento. Foi um momento interessante, porque a ausência de pudor expressava sua condição de nosso filho, da criança a quem déramos banho e que pegávamos no colo. Vi então que estava mais magro do que sempre fora. Um corpo enxuto de mestiço de negro. Mas sem nenhuma reserva muscular ou de gordura. Senti muita pena e vontade de ajudar.

Ficamos em Ácaba três dias. No último dia ele disse que não entendia como viera parar em Ácaba, mas que tivera que passar por tudo o que passou para se encontrar. Disse que estava lendo muito na internet, livros brasileiros e também americanos e ingleses, e que esses livros o ajudavam a pensar. Também disse que nos últimos tempos passou a se sentir bem sozinho, que tem prazer em estar sozinho. Pessoalmente, mudei muito, disse. Penso muito e vivo bem comigo mesmo.

Ao nos despedirmos, ele chorou. Tínhamos cogitado deixar-lhe algum dinheiro, como carinho e para minorar sua penúria, mas prevaleceu a percepção de que intervir no delicado equilíbrio financeiro em que se encontrava poderia ter consequências ruins também no seu equilíbrio espiritual.

Quando estávamos dentro do carro, prontos para partir, ele se aproximou da janela e disse, apertando o braço da mãe: sabe, mãe, fiz aquelas perguntas, mas eu nunca tive problema com adoção, porque nossos espíritos já se conheciam desde antes. Eu sempre tive você como minha mãe; quando a gente andava de mãos dadas e os outros falavam, eu até estranhava eles falarem.

E aqui termino. Regressamos cruzando os dedos.

Muito devo aos que leram os originais e me ajudaram com sugestões valiosas. A todos, agradeço: Enio Squeff, Julián Fuks, Leila Lapyda, Lilia Schwarcz, Luiz Schwarcz, Maria Rita Kehl, Otávio Marques da Costa, Reinaldo Morano, Ricardo Teperman, Toni Cotrim e Wanda Gomes. À minha mulher, Mutsuko, e a meu filho, Elias, agradeço também pelo apoio à publicação.

ESTA OBRA FOI COMPOSTA EM MERIDIEN PELO ESTÚDIO O.L.M. / FLAVIO PERALTA
E IMPRESSA EM OFSETE PELA LIS GRÁFICA SOBRE PAPEL PÓLEN BOLD
DA SUZANO PAPEL E CELULOSE PARA A EDITORA SCHWARCZ EM NOVEMBRO DE 2017

A marca FSC® é a garantia de que a madeira utilizada na fabricação do papel deste livro provém de florestas que foram gerenciadas de maneira ambientalmente correta, socialmente justa e economicamente viável, além de outras fontes de origem controlada.